孔雀眼

佟惠军 著

天津出版传媒集团
百花文艺出版社

图书在版编目（CIP）数据

孔雀眼 / 佟惠军著 . -- 天津：百花文艺出版社，2021.11

ISBN 978-7-5306-8051-3

Ⅰ. ①孔… Ⅱ. ①佟… Ⅲ. ①短篇小说 – 小说集 – 中国 – 当代 Ⅳ. ① I247.7

中国版本图书馆 CIP 数据核字（2021）第 031498 号

孔雀眼

KONGQUE YAN

佟惠军 著

出 版 人：薛印胜

特约策划：凌 翔

责任编辑：赵 芳

出版发行：百花文艺出版社

地址：天津市和平区西康路 35 号 **邮编：**300051

电话传真：+86-22-23332651（发行部）

+86-22-23332656（总编室）

+86-22-23332478（邮购部）

网址：http://www.baihuawenyi.com

印刷：廊坊市海涛印刷有限公司

开本：710 毫米 ×1000 毫米 1/16

字数：220 千字

印张：15

版次：2022 年 1 月第 1 版

印次：2022 年 1 月第 1 次印刷

定价：76.00 元

如有印装质量问题，请与廊坊市海涛印刷有限公司联系调换

地址：河北省廊坊市安次区码头镇金官屯村

电话：（0316）2516002 邮编：065003

文学的精致

老藤

我素来看重小小说，因为我觉得小小说代表了文学的精致。

很多作家钟情于长篇巨著，动辄几十万、上百万字，说句实话，我有时看到这些鸿篇头会变大，因为实在没有足够的时间去阅读，尽管这些作品都很扎实，值得研读。由此，我便觉得很对不起作者，人家呕心沥血写出来，又费尽辛苦出版，我却不能将其读完，于情于理都说不过去。但又一想，如果天天阅读这些洋洋洒洒的作品，工作不允许不说，自己业余创作时间也会被大量挤占。因此，我觉得口袋书、中短篇和精致的小小说更适合自己有限的胃口。

我和佟掌柜不是很熟，只见过一次面，但她的小小说却读过不少，尤其被选刊选载及获奖的作品，我大都读过。我觉得作者是个很有文学智慧的人，在向文学高峰攀登方面，她选取的登顶路径很别致，类似智取华山。

佟掌柜的小小说有两个显著特点，一个是题材上的广泛性，一个是萃选上的吝啬感。说广泛，她的作品从父母爱情到市井百态，从历史故事到科学幻想，不可谓不广。说吝啬，她的作品如同名厨烹饪，食材精挑细选，弱水三千，只取一瓢饮，能看出舍多取少的吝啬。当然，在表达，在审美，在氛围的营造等方面，她的小小说都可圈可点，值得条分缕析地做深层研讨。

佟掌柜是从2016年才开始文学创作的，短短几年时间就取得了如此创作成果，令人惊奇。我觉得这是作者的成功，更是小小说的成功。小小说这种文体拥有越来越多的作者和读者，给相对沉寂的文坛带来一股鸽哨般的清音。很多优秀的小小说选入学校教材，收入考试题库，摘取各种奖项，这一切都说明，小小说这个微观视镜所折射的，一定是波澜壮阔的宏观场域。

文章不凭长短论高下，作家不以名望废新秀。小小说的世界无疑充满各种可能。辽宁有一位小小说作家，就以一篇小小说催生了一部很受观众喜爱的电视连续剧。凝练和精致决定了小小说的品位，而品位将给小小说赢来更多的拥趸。人们有理由相信，佟掌柜掌厨的小小说，不仅能佐餐下酒，且足以温润心灵。

目　录

上辑　都市掠影

下辑　穿越时空

上辑　都市掠影

父母的爱情

时间的指针，像坠着铅球，动得缓慢艰难。

母亲躺在病床上，昏暗的床头灯焐不暖母亲瘦骨嶙峋的背影。

“水……水……”母亲又低低地叫了。我用小勺贴着她干瘪的唇，喂她两口水，然后帮她翻个身。我深知母亲已时日无多，心里也早有这样的准备，但面对瘦成皮包骨的母亲，我的心仍然隐隐作痛。

母亲节俭了一生，没享过一天清福。年轻时，她和父亲总是不停地争吵，小到柴米油盐，大到赡养父母。

二十世纪七十年代的时候，家家都没什么钱，我又经常生病，母亲口逻肚攒存点积蓄着实不易。父亲经常将偷偷攒下来的钱，寄给乡下的爷爷和小他二十岁的叔叔。那时我是站在父亲一边的，直到结婚后，才开始理解母亲。叔娶婶娘时，父母竭尽全力支持叔盖起三间瓦房。那之后，他们因老人而起的争吵就少了些。

父母在一起生活了六十年，我一直不认为他们之间有过爱情。

我曾问过父亲，你爱过我妈吗？父亲讷讷地说，那年月啥爱不爱的，媒人说你妈会过日子，我看她人长得也不错。

我也问过母亲，你爱过我爸吗？母亲眨几下大眼睛，脸色微红地说，那年月啥爱不爱的，媒人说你爸在城里工作，我想城里生活总比乡下好吧。

我小的时候，母亲把家里所有的细粮都留给我吃，又常以让人摸不着头脑的理由打骂我。有一次，她下班回家，看见我坐在她和爸的大床上读书，突地发起无名火，大骂我不懂事，把新铺的白布床单坐出褶子。半夜，她突然穿上衣服，只身投入茫茫的夜色中。父亲叫醒我，尾随她来到铁轨旁。列车从眼前呼啸着疾驰而去，父亲走向母亲，夜色里两个苍茫的背影让我不知所措，我大哭起来。也许是我的哭声，也许是父亲的安慰，母亲随我们回到家中。

后来父亲偷偷对我说，盯着点你妈和隔壁的大爷。我似懂非懂，但最终就好像什么也没有发生。

“老佟，老佟……”母亲又下意识地喊父亲了。我拍拍她的后背，告诉她，父亲回家了。母亲混浊的眼望向我，嘟起嘴生气地说“又回家”，顿了顿又问：“你爸吃饭没？”我说吃过了。她似乎放下心：“翻身，翻身……”

母亲病了十年，心梗、脑梗、小脑萎缩、心衰、呼衰，各种疾病的名称在这十年里涌入了我们的生活。周末看望父母的时候，母亲像小孩告状般和我说得最多的话是：“你爸傻，做饭慢……”还时不时用她干枯的手掌，对父亲作击打状。而父亲做得最多的是一遍遍搓着母亲瘦得不成样子的腿，熟练地将围裙套在她身上，一勺勺喂她吃饭。

我时常对母亲说：“妈，你真是嫁对了人。”母亲好似不认同地斜眼白我，偶尔也会呵呵地笑。

一天，母亲让我找出压在箱底的相册，一张张翻看。看到父亲穿着军装，笔直的脊梁上背着一支步枪，站在工厂大门口的照片，她停顿片刻，眼睛里竟蒙上一层水雾。

前天晚上，母亲突感呼吸困难，我喊来医生，看着急救中的母亲，忍不住痛哭失声。而猛地发现父亲坐在病房的角落，双手蒙住了脸。我听到他喃喃地说，你要走了，我也时日无多了。我这才意识到这时候最要坚强的是我。

窗外，黎明的曙光已逐渐驱散黑暗。我再次帮母亲翻身后，她安然地睡去。

飞落的玻璃窗

刚入春，大风把桃李的花瓣儿吹得漫天飞舞。砰一声巨响，一扇玻璃窗从天而降，碎片迸溅。马路对面修自行车的师傅，眼看这扇窗户从七楼的阳台上直落下来，暗暗心惊，想幸亏没砸到人，否则就出大事了。不远处一个年轻人边对着手机说着什么边往这边走，像是完全没有听到这巨大的响动，当走到玻璃窗坠落处，皱了下眉，绕了过去。

老李和小李从窗户自他们手中滑落，心就提到嗓子眼儿，看没砸到人，两人拍拍心口，松了口气。老李从皱皱巴巴的上衣里，掏出一盒长白山烟，递给小李一根："压压惊，没砸到人真是万幸，这要是砸到人，咱俩这一年的活白干不说，还有可能倾家荡产！"

小李是老李的远房侄子，被老李从村子里带出来，和老李一起干点家装的活，今年二十二岁，还没结婚。老李对这个孩子不错，平时两人一起吃，一起在廉租房里住。上周，屋主在小区入口看这一老一小模样憨厚，就把换窗户的活给了他俩。

小李脸煞白，接过烟点着，深吸了一口，怯怯地说："叔，咋办？虽没砸到人，可人家中午回来看啥活没干，窗户还掉下去了，不得急眼啊。现做肯定是不赶趟了，再说，要让咱赔偿双倍咋办，让赔误工费呢？才开春，不好找活啊，这个月可一分钱没赚呢。要不咱跑吧，换个地方，他也找不到咱们。"

老李还没等小李说完，一拳头打了过去，虽然没很用力，也打得小李趔趄了下。小李闭上嘴，不服气地看着他："叔，你咋打我？"

"平时叔都咋教你的？你爸那么老实一个人，咋养你这么个儿子。男人做事要有爷们儿样！"

“今天不是风大吗？”小李小声嘀咕着。

“你这孩子！”老李又举起了拳头，小李躲了一下。

“咱不能那么做事！咱跑，心亏不？以后谁还找咱干活。窗户掉下去了，等屋主回来咱赔，人家要误工钱咱给，活还得干下去，你懂不懂？！”

小李唯唯诺诺。两个人正说着话，屋主打开房门走了进来：“怎么样，窗户安完了吗？”

“咦，怎么回事，新窗户呢？”屋主来到两个人站着的阳台上，看着空荡荡的阳台窗框问道。

老李和小李一下子都呆在那儿，不知如何作答。犹豫好一会儿，老李舔舔发干的嘴唇，一脸歉疚地说道：“赵兄弟，实在对不起啊，刚才我和侄子干活的时候手秃噜了，窗户掉下去了。”。

屋主从阳台上往下望去，看到满地的玻璃碎片，地上并没有血迹，问道：“没砸到人是不？”

老李看了赵先生一眼，赔着笑：“没砸到人！赵老弟一看就是好人，好人的命都好，咱爷儿俩也沾大兄弟的光。您看这窗户今天肯定是安不上了，我俩回去抓紧再做，窗户我们赔，误工费您看多少合适？”

赵先生看了一眼眼巴巴看着他的小李，笑了：“李师傅，你和小李也不是成心把窗户扔下去的，今天风太大了，我不怪你们，窗户你俩抓紧做，我给你们窗户钱，你俩出来打工不容易。”

“我没听错吧，赵叔，你真不用我们赔？”小李的声音都变了。

“那怎么行，您这不是花了两份窗户钱吗！不要误工费我们就很感激了，窗户必须我们赔。”

小李拽了拽老李的衣角，心说，我叔咋那么傻，人家都说不用赔了，你还坚持啥。老李瞪了小李一眼，看向赵先生。

赵先生从钱夹里拿出一百五十元钱，递给小李：“小伙，你拿着，这钱应该够了。你得跟你叔好好学，你叔好样的，讲究，以后朋友有活我给你们介绍。”

小李低下了头。

当晚，赵先生和朋友喝酒，提起此事，直呼万幸。朋友说：“老赵，你的心也太好了，不让他们赔不说，还倒搭窗户钱。”老赵摇摇手：“你们不懂法啊，这要是砸到人，我也有连带责任，那可不是一百两百的事。再说了，出门在外赚点辛苦钱不容易，一两百元咱发不了家，可是他俩几天的口粮啊。”

两棵槐树

碧水塘公园的小广场上，有两棵枝繁叶茂的老槐树。早上六时左右，一身唐装的高蕴华手持拖把粗细的铜杆地书笔，气定神闲地在树下写诗词。正写到“荷风送香气，竹露滴清响”的“清”字时，一抬眼，看见岳光华站在围观的人群里。他的手停了停，低下头继续写。等这首诗的最后一个字写完，抬头再看，岳光华已经走了。

过了一星期，岳光华又来了。高蕴华用余光瞄了他一眼，继续写他的字。岳光华来回走了两三次，最后站住不动了。高蕴华写完字，倒掉桶里的水，扛上地书笔，抬腿就走。岳光华犹豫下，拦住他说：“蕴华，我来求你了……”

“你这大院长还能有事求我这老百姓？”高蕴华脚步并没停下。

其实，他俩都是号称中医教授第一人的马二琴老先生的高徒。当学生时，两人谁也不服谁，都希望在师父面前表现最出色。出师之后，两人一起进了省中医学院附属医院。岳光华一进中医院，如鱼得水，没两年就当上了科室负责人。高蕴华呢，一直默默无闻当着普通医生。

一次，几个师兄弟聚在一起喝酒，岳光华借着酒劲提醒高蕴华：“傻老帽儿，就你那死性子，啥时候能熬出头来？你清高，你钻研，有个屁用，还想一辈子当个小医生啊？”

高蕴华一听，不高兴了，说：“你看看你都啥样了。当个破主任牛啥？师父怎么教我们的，悬壶济世才是我们该做的事！你一天天地醉心仕途，专业早晚得荒废。”

“你就是个棒槌，告诉你好话你不听，等吃亏了，别说我没提醒你！”岳光华看高蕴华一脸不屑，声调提高了一倍。

“不用你提醒！我还提醒你呢，别有一天自己的病都看不了，来求我。”高蕴华把酒杯一蹾，离席而去。

过了十几年，岳光华已经是中医院的副院长，高蕴华连个科室主任都没混上，但他在医院的声望却不比岳光华低。他潜心研究各种疑难杂症，治好了无数病人，人称“高三服”，意思是只要吃了他开的三服药，病肯定有好转。

退休之前，岳光华和高蕴华在中医界可谓并峙双峰，但两人少有往来。不过，高蕴华一直觉得孩子医学院毕业分配的时候，有人帮了很大的忙。他暗中揣测，很可能是岳光华。

“师兄，我们都老了，你气性别那么大好不好？我真来求你了。”岳光华低眉顺眼跟在高蕴华后面，恳切地说。

“看在你叫我师兄的分儿上，跟我回家吧！看你的面色，我就知道你干什么来了。”高蕴华缓和了语气，脚步慢了下来，和走路都有些摇晃的岳光华并排往家里走。

回到家，高蕴华拿出号脉手枕，将三根手指搭在岳光华的腕上。几分钟后，他让岳光华张大嘴，又将右手中间三个手指并拢，以之拍击他的前胸后背。

高蕴华问：“发烧多久了？”

“半个多月了。”岳光华用手背擦了擦眼睛。

高蕴华没再多问，开了一个方子递给岳光华：“怎么熬药你没忘吧？”

岳光华无力应对挖苦。这些天他低烧不退，在医院做了所有能做的检查，竟然没查出问题在哪儿。

第四天上午，岳光华敲开高蕴华家的门。一进门，他就给高蕴华深鞠一躬。

“师兄，你真神了，昨晚我就退烧了。快给我讲讲，我得的啥病？”

高蕴华笑了笑说：“光华呀，你还记得《黄帝内经》说的‘百病生于气’吗？”

岳光华眼前出现当年师从马先生两人一起背诵《黄帝内经》的情景，眼睛不禁有些发酸。

“《素问·疏五过论》中的一段话，正中你病之根本……”高蕴华看着岳光华，不再往下说。

岳光华想了半天，突然灵光一现，脱口大声诵道：“凡未诊病者，必问尝贵后贱，虽不中邪，病从内生，名曰脱营……”

高蕴华哈哈大笑：“光华，等你痊愈了，咱哥俩喝两口？我这儿还有个药引更对你症！”

岳光华暗自揣测这药引到底是什么，他知道高蕴华的脾气，也没追问。

几天后，两人坐到酒馆里的一张饭桌前。几口酒菜下肚，高蕴华开了口：“这些年，你也不容易，为医院做了很多事，大家心里有数……”

第二天早晨，高蕴华刚到碧水塘公园门口，看到岳光华已经站在小广场上，正抬头看着树冠。

“光华，看什么这么聚精会神？”

岳光华指了指树叶间缕缕晨光：“师兄，槐花开了……”

白头到老的关键词

父亲住院六天了，这六天我除了偶尔出去买包烟，没离开医院半步。

晚上九点，病房熄灯。没一会儿，父亲起了鼾声。我躺在陪护床上。邻床的大爷又“啊啊啊啊”叫个不停。他老伴轻轻揉着他的腿、拍着他的身子，安抚着他。老爷子渐渐平复下来。她轻手轻脚关了床头灯，蜷着瘦弱的身体，头挨着老爷子的脚躺下。

这六天我没给妻子打一个电话，她也没打给我。

两年前女儿考到兰州，那以后，妻子变了。她开始黏着我，今天逛街、明天看电影的，去了几次之后，我再也不陪她了。后来，我发现她总在镜子前照来照去，画的妆和穿的衣都和年龄很不相称。她出门之前会问我到底陪不陪她，得到不陪的明确答复后，气哼哼走出门去。

年初她退休了，变化更大。时常回忆起年轻时某一件让她不顺心的事：哪年她过生日，我给忘记了；女儿小时候发烧，我在外地出差，都她一个人管；上班时单位谁谁曾不待见她了……还有谁家孩子不着调，谁家男人在外面有女人，诸如此类，张家长李家短的，也不知道都是从哪儿听来的。有时我实在忍不住，就说你怎么变成这样了，怎么变成扯老婆舌的女人了。她立刻很吃惊地看着我。

上个月发生了一件更让我受不了的事。

因为工作关系，我的手机铃声和微信提醒音经常响个不停，尤其前段时间事多，单位要求不管白天晚上都不关机，有任务必须马上到位。那段时间，我的大脑和身体整天处于疲惫状态，回到家就想看会儿大片然后睡觉，一听她唠叨，脑袋都大。因此，我时常不给她好脸色。那天冲完澡，看她在那儿拿着我的手机刷来刷去。我冲过去把手机抢过来，对她吼道："这日子没法过了，离婚！"

"离婚？！"她先是不知所措看着我，然后歇斯底里地哭了起来，"我就知道，你嫌我老了！我把女儿带大，对你没用了，你恨不得马上离婚，好找个年轻的……"

我一听她开始念经，穿上衣服想出去透透气。她抓住我的胳膊，手指像要嵌进我的肉里："走，去你家，找你爸评评理……"

和父亲同病房的老爷子今年八十岁，患脑梗和心梗六七年，病情逐渐加重。现在生活不能自理，大小便失禁，有语言障碍。他老伴每天除给他按摩、翻身、擦洗，还得用手一点点把干粪球抠出来。

快中午的时候，老爷子的儿子拎着一兜吃食来看他。还没待多一会儿，老太就对儿子说："你赶快回去上班，工作要紧，别总往这儿跑。"

"妈，晚上让我在这儿陪爸吧，你都熬好多天了，别再熬出病来。"

"妈没事。你爸就得我照顾，我不在他该闹了。你们把自己日子过好就行了，这几天别过来了。"老太边说边推儿子往外走。

我父亲对邻床老爷子说："老哥你真有福啊，看老姐姐把你伺候得多好。"

老爷子抬起右手，指了老伴几下，口里"呀呀"叫着，也不知道要表达什么。老太拿起手绢把他淌出的口水擦掉。

我问："大婶，你和大爷年轻时特别相爱吧？"

老太听我这一问，面色微微泛红，手下不停，往盆里倒进热水，将毛巾投进水中："我可不懂啥叫爱情。咱们年轻时候，饭都吃不上，啥爱情不爱情的。我就知道和你大爷走到一块，就是一辈子的事，就得认命，不管有灾有难，还是有苦有甜，都得绑在一起，等那一天往起一埋，这辈子就过去了。"

我听到这儿，鼻子不知道为啥有些发酸，仍不死心："大婶，大爷是不是对你特别好？”

老太的手顿了顿，看看老伴那张布满皱纹的脸，神色颇为复杂：“记得有一年，我去山上采草药，谁承想摔了下来，整整躺了仨月啊！那时候孩子们都小，从不着家的老头子那仨月一直待在家里，又管我又管孩子……”

晚上，老太的话在我脑中翻来覆去地折腾。我突然醍醐灌顶，悄悄来到病房外，拨通了妻子的手机：“过两天等爸出院，我带你出去走走。”

“你爸没事吧？我明天去看他。”妻子的语声提高了，高兴但又狐疑，“你说什么，带我出去玩，真的假的？为什么啊？”

“不为什么，应该的……”

悔

早上起来，晓光被满口牙掉光的梦纠缠着，随即想起在病床上躺了三年的父亲，呆愣了好一会儿。开车上班的路上，没来由地回忆起往事：早年生意做得很好，谁知道竟被人骗得血本无归，一夜间变成穷光蛋。兜里揣了两百元钱，一个人跑来上海，仗着极佳的英语口语，应聘到外企，给德国老板当司机兼私人助理，慢慢熬上采购部经理的位置……

晓光到办公室，打开电脑处理邮箱里的信件，手机响了，一看是妹妹的手机号，心猛地跳了几下。

“晓丹……”

“哥，爸早上起来说心脏难受，我带他到医院检查，医生说是大面积心梗，很危险，你要是能请假赶紧回来吧。”妹妹带着哭腔。

晓光的手有些抖，没管泼了一桌面的咖啡，挂断电话直奔人事部请假。

飞机刚落地，晓光赶紧拨通妹妹的手机，哭声传了过来：“哥，爸走了……”

处理完丧事，晓光躺在宾馆的大床上睡了整整一下午，醒来的时候已经晚上十点了。他瞪着满是血丝的眼，拨通了犊子的手机。

犊子是他发小赵林的绰号，小学、初中、高中都一班，俩人简直就像黏在一起的玩偶。晓光性格内向，寡言稳重，赵林则一脸痞相，泡妞、打架没少做。当年晓光赔得一文不名，那两百元钱还是赵林给的。这几年回来少，但经常在电话里联系。赵林母亲瘫在床上的时间比晓光父亲还长，好像有五年了，为了能天天照顾她，赵林在所住小区里开了一家小超市，勉强维持生计。

两人找了一家烤串店，要了一箱“老雪”，菜还没上来就喝上了。“老雪”又叫“闷倒驴”，是沈阳本地酒，酒劲大，晓光每次回来非喝不可，好像只有喝上“老雪”，他才是沈阳人。赵林本想安慰安慰晓光，可看他闷头喝酒的样子，也不知该从哪儿起头，只好一杯一杯陪他往肚子里灌。没多一会儿，四瓶“老雪”见了底。

喝着喝着晓光哭了，口齿不太清楚地开了口：“犊子，我现在越想越后悔，我不孝啊！古人云，父母在不远游，可我呢，离家十年了，老爸在床上瘫了三年，我从来就没伺候过，临了临了，也没让他看上我一眼……”

“晓光，你别这么说，晓丹和你妈总跟我说，叔治病和请保姆的钱都是你出的。你虽然赚得多，但这些钱也不是一笔小数目，不容易啊。”赵林拍了拍晓光的肩头，说道。

“钱算什么啊，我爸真是白养我了，一次屎盆都没给他倒过。”晓光情绪越来越激动，“犊子，还是你做得对，那么多出去发展的机会都放弃了，整天照顾你妈，看阿姨被你照顾得多好，真要是有那么一天，你肯定不会像我这样后悔。”

赵林一听这话，竟也哭了起来：“晓光，你后悔，我比你还后悔呢，我悔不当初没出去发展啊……”他顿了顿，一仰脖把杯里的酒喝了，又倒了一杯，一口干掉一半。“你知道吗？我妈病这五年，几乎用尽了我所有积蓄。我开的小超市你也看见了，维持生计还可以，可孩子马上就要考高中了，别人家孩子都在点对点补课，咱家孩子补不起啊。媳妇整天跟我吵，总说我为了照顾妈不管孩子的前途，唉……”

晓光一听犊子的话，心里更加难受。两人你一杯我一盏地倾吐着苦水，眼看着快凌晨了，赵林突然问：“晓光，你说你后悔当初不该离开家，现在你爸走了，家里就剩下你妈了，你妹妹那身体是没法照顾你妈的，你打算怎么办，辞职回来？”

晓光一怔，端着酒杯的手停在半空中。是啊，现在爸没了，就剩老妈和妹妹了，晓丹因为先天心脏病一直就没结婚，他该怎么办？若辞职回来，能找到合适工作吗？媳妇能同意回来吗？没有工作，以后老妈和妹妹有病靠谁？他不敢想下去。

赵林看晓光的神情，明白他不过是说说而已。自己又如何呢？难道真能把母亲扔在病床上，出去赚钱好让女儿补课吗？

唉……这都是命啊！

一周后，赵林的银行卡里多了五万元钱。微信上收到晓光的留言：暂借你五万，你小子想着还我。

荇菜

海航集团第一分厂是个上万人的大厂。厂长老张和书记老姜一起搭班子的三个年头里，厂子起色不少，老张的热情简单和老姜的细致沉稳正好是绝配。两人平时虽然焦不离孟孟不离焦的，可在骨子里互相不太服气，既互相担待又互相压制。

后儿个就是除夕。老姜一大早就来到老张的办公室，和他商量把厂里的骨干找来聚聚，说说心里话，也为了明年更好地开展工作。一壶大红袍喝完，这晚餐的事就定了下来。

傍晚五点半，公关部女经理赵第一个来到福临门酒店的包房。只见空荡荡的包房一个人没有，正思量着这俩领导都请了哪路神仙怎么一个没到呢，老张走了进来。

大概因为过年，老张把平时潇洒的长发理成了平头，像换了个人，还别说，感觉年轻清爽不少。

老张将手臂轻搭在赵的肩头，轻声说："你今天真漂亮。"

赵忸怩着躲开老张的手臂："张厂长总是这么会说话，说得人家心花怒放的。"

两个人正有一句没一句的，老姜走了进来，脸上是有点沧桑意味的微笑。看包房里只有老张和赵，神色古怪地说道："没打扰二位吧。"

赵白了老姜一眼，笑着说："您来得可真是时候。"

人陆陆续续到齐，宴席正式开始。老姜是东道主，少不了新年致辞未来展望。老张接着阐述了聚会的意义和友情的重要。

大约七点，女会计胡走了进来。她精心修饰过的妆容和嫩粉色毛衫，让她四十二岁的样貌别具味道。老姜在她进门那刻皱起了眉。

酒至半酣，老张端起酒杯大声说：“赵，咱俩喝一杯！你从总部调来咱们公关部后，很多订单和售后的纠纷都迎刃而解，我打心眼儿里觉得你行。”

赵站起身，把杯中酒一饮而尽，微笑着说：“我这点成绩还不是因为您和姜书记的支持，还不是因为今天在座各部门经理的配合。借着厂长这杯酒我敬大家。”

女会计胡看老姜望着赵若有所思的眼神，心里恨恨地骂赵是骚蹄子。

赵从集团调来第一分厂没多久就声名鹊起，各种她的绯闻传遍第一分厂。有人说她和集团董事有一腿，有人说她和厂长老张有一腿，还有人说她和书记老姜有一腿。总之，这个离了婚的女人不简单，要不怎么会突然就来到第一分厂，坐上了很多女人觊觎的公关部经理的宝座？

胡更是对赵恨之入骨。自从赵来，老姜对她疏远了，看她的眼神明显和看赵存在差距。她不明白，这个比自己大五岁的女人，凭什么一下子就成了两大领导的宠儿。

老姜看赵把酒喝完，马上端起酒杯，不顾胡恨恨的眼神，说：“赵啊，这杯酒你得和我老姜喝，你的文字功底可是帮了我不少忙，不比咱们厂办的秘书差，甚至有过之无不及，这杯我老姜必须敬你……”

还没等老姜把话说完，胡突然站了起来：“这杯酒我替赵姐姐喝，你们这些大男人欺负赵姐姐，干吗都跟她喝酒，想要把她灌醉吗？”

赵看了一眼站起来的胡，意味深长地笑了。“还是胡妹妹好，知道疼姐姐。”

销售部文经理看赵坐下，搛了点菜放在她的盘子里，对她说：“快吃点荇菜，解解酒，这荇菜跟你最配。”

大家不解，都让文经理解释其义。文经理笑曰：“参差荇菜，左右流之。窈窕淑女，寤寐求之。”

外面不知何时飘起了轻雪，老姜害怕雪下大，提议结束饭局。一走出酒店，赵招手喊来出租车，不顾老姜老张的挽留，匆匆而去。

过了年上班，赵的传闻有增无减。有人说看见老张和赵一起下班；有人说看见老姜和赵在饭店喝酒；更有人说，经常看见赵和他俩中的一个去酒店。

赵就似从未听过传言般，依然故我，每天都带着微笑面对所有人。

时间一晃就进了6月。老张和老姜带文经理去南方出差，为了节约出差费用，他们开了一间三人的套房。晚上，宴请客户吃饭，文经理替二位领导分忧，左一杯右一杯与多位客户周旋，终于寡不敌众，醉倒在酒桌上。

老张和老姜左右搀扶，费很大力气才把文经理弄回宾馆的床上。他俩帮文经理把外衣外裤脱下，又把掉落地上的手机捡起来，放到床头桌上。

躺在床上的文经理，酣然睡着。

老张和老姜正气喘吁吁时，文经理的手机传来微信提示音。他俩不约而同望向手机屏幕。是赵发来的。

只见两行文字闪过：亲爱的，今晚怎么没声？张和姜睡了吗？是不是你又冲前线了？

老张和老姜看罢，大眼瞪起小眼。老姜突然想起文经理讲的荇菜，立刻用自己的手机百度。

百度曰：荇菜，白茎，叶紫赤色，正圆，径寸余，浮在水上。根在水底……

爱的谜底

2040年的某个傍晚。

夕阳的余晖映在吴语嫣满是皱纹的脸上，她的生命之火已经枯萎。张晨握着老伴的手，眼里满是温柔之色。他要陪她走完生命最后一刻，相信不久，他将追上她的脚步。

吴语嫣混浊的眼睛不舍得闭上，她还有一个心结，希望张晨能为她解开，可是她已经说不出话了。张晨伏在她耳边说了一句什么，吴语嫣用尽最后一点力气，笑了，安详地闭上双眼。

时间回到2000年的一个早晨。吴语嫣看着医生嘴唇一张一合的，什么也没听清。医生对她说“恭喜你，你要做母亲了”之后，她的大脑就一片空白。

怎么走出的医院，吴语嫣想不起来了，只记得出了医院，自己颤抖着拿出手机拨了一个号码：“云鹏，我怀孕了。”说完就哭了起来。

手机那端传来一个男子狂喜的声音：“语嫣，别哭，你在哪儿，我马上去接你。”

回到家中，张晨正在厨房做饭。吴语嫣看着丈夫的背影，心像刀剜般疼。她走过去从后面抱住张晨的腰，将脸贴在他的背上，眼泪止不住又流了下来。

张晨发现吴语嫣的异样，问道：“你今天怎么了，发生了什么事？”吴语嫣突然感到一阵恶心，急忙跑到卫生间干呕去了。

张晨递给她一杯漱口水：“语嫣，你最近怎么总恶心，是不是胃病犯了？明天我带你去医院看看吧。”

“老公，我没事。这段时间公司的事情太多了，觉得非常累，我想休几天假，在家看看书，调整调整。”吴语嫣掩饰着烦乱对张晨说。

第二天，吴语嫣来到公司，没有像以往那样跑去看一眼那个熟悉的身影，而是到总经理的办公室请假。

她刚回到家中，手机就响了起来。吴语嫣看着手机上的头像，那是云鹏特意替她设置的水墨并蒂莲。“云鹏，我已经跟公司请假了，这几天你不要给我打电话好吗，让我好好想想。”

“语嫣，你必须听我的，把我们的孩子生下来。你不小了，如果你不生，也许这辈子都不会有孩子了，我会比张晨更爱你的，你要相信我。张晨不能给你的我都能给你。语嫣你在听吗？语嫣……”

吴语嫣默默地把手机挂断，然后关了机。她需要安静，好好想想到底该怎么办。

墙壁上挂着的结婚照，让吴语嫣想起她和张晨相识以来的二十个春秋，无数往事仿佛昨天。

昏黄的月光透过窗纱，将吴语嫣的胴体镀上一层光泽。吴语嫣使尽浑身解数想让张晨进入她的身体，可……

接着，是张晨照顾久病的她累倒在医院，对她父母付出的一切……一幕幕掠过她的脑海。

恍惚间，耳畔传来张晨的声音：“语嫣，我爱你。”这是张晨第一次说这三个字。

一行清泪自语嫣腮边悄然滑落。她听见自己说：“我困了，睡吧，明天你还要早起。”

语嫣闭着眼睛，没有丝毫睡意，云鹏那张英俊的脸就在眼前。云鹏是公司的销售部经理，刚来应聘那会儿，在公司引起不小的轰动。俊朗、多金，他像一块强力磁铁，吸引着那些待嫁的女孩。可不知怎么，云鹏独独爱上了大他四岁的公关部经理吴语嫣。

起初，吴语嫣一直回避云鹏的追求。而越躲云鹏，云鹏的眼神越炽热。一次，公司组织滑雪，吴语嫣站在雪场外围，羡慕地看着同事们在雪中快乐地嬉戏。因为身体孱弱，她连滑雪鞋都无力穿上。云鹏取过滑雪鞋，命令她把脚踩进去，然后毫不迟疑地跪在雪地上，手攥住她的脚，用力帮她穿上鞋。吴语嫣看着云鹏弯曲的脊背，怦然心动。不久，两个人一起出差。那夜，云鹏敲响了吴语嫣的房门。

和云鹏巫山云雨，让吴语嫣第一次体会到做女人的快乐。没承想交往不到半年，竟然怀上了他的孩子。

弥留之际，吴语嫣放不下曾经的这段往事。而张晨在她耳边说的是：如果当年你决定生下那个孩子，我会和你一起把他抚养成人，你的孩子就是我的孩子。

鞠躬尽瘁

张悟能怎么也不会想到，最近一段时间一直徘徊在心头、下了若干次决心却没做成的事，今天有了结果。

张悟能是科技局办公室主任。办公室四个人，两个小年轻是新来的，不知是哪方大员的亲戚，还有副主任老李，五十九岁，马上要退休。三个人平时都对他客客气气的，张主任张主任地叫着，他也就心知肚明地把办公室的活儿都承担了下来。

今天是星期天，张悟能上午八点到的办公室。他先坐在椅子上歇了一会儿，感觉身上的汗下去了，打开抽屉，将小药盒里的六种药物，囫囵地吞进肚里。他是个老病号，六年前心脏里放置了九个支架，为此他在上海工作的儿子整整请了一个月的假，差点把工作丢了。

最近一段时间，张悟能总感觉心脏像被什么堵着。有时深夜，还恍惚看到自己的灵魂，在头顶上飘来飘去。老李发现他有些异样，劝他去医院看看，他只是说没事。其实他不是没有想过去医院，可是一想到去医院，就得住院，就必须做这样那样的检查，就可能手术，就可能把儿子喊回来，就可能把这几年积攒的十几万元钱花进去，他心疼，那钱得给儿子留着讨媳妇用。儿子他妈在儿子七岁的时候，因为给儿子爷爷看病欠下的一屁股债，抛下他爷儿俩走了。张悟能去找她的时候，岳母骂他窝囊，说女儿嫁给他，除了吃苦什么也没得到。

这些天他整夜整夜睡不着，半夜躺不下，就坐在床上回想自己的一生。他觉得，岳母骂他的话太对了，他叫什么张悟能呢，根本就是张无能。小时候他喜欢画画，因为父母认为画画的没好人，非让他报考自动化专业；上大学的时候，曾经有个喜欢的女同学，因为家是山西的，父母不同意，他就和女同学分了手。他有些恨自己，过了大半辈子，都没有认真想过到底什么是自己真正想要的。这样想着想着，一个念头在心里就像草一样疯长出来，压都压不住，死了算了，死了吧，死了世界就都清静了。

他开始设想各种自杀的方法，甚至夜深的时候，到公园的大树下、人工湖边徘徊过。他觉得在公园自杀不妥，等第二天人们发现尸体会觉得害怕的，会给公园管理者带来麻烦；他想从高楼上跳下去，可是砸到无辜的人怎么办；他想触电或者吃安眠药死在家里，可如果死在家里，儿子卖房子就卖不上价了，谁愿意买一个横死的人住过的房子呢。

今天早上，后背沉重的疼痛把张悟能折腾醒，他再次想到自杀，突然被一个问题惊出一身冷汗：如果他自杀了，警察会介入调查的，那么就可能给儿子、前妻，还有最近新交往的女朋友带来一些不必要的麻烦。如果这样，他张悟能就太对不住他们了。

张悟能从床上爬起来，站到窗台边，点了根烟，看楼下早市熙熙攘攘的人群，决心好好活着。一想到这周的几个工作总结还没完成，于是决定去加班。

张悟能的尸体是晚上七点被值班门卫发现的。门卫看三楼办公室这么晚还亮着灯，就上去查看。办公室门关着，他敲了敲，没人应，喊了两声，仍然没应答，就拧了下门把，门没锁，推开一看，张悟能躺在地上，过去一探鼻息，已没有了呼吸。

警察接到门卫的电话很快就到了。在没关的电脑里，人们发现接近尾声的工作报告。法医初步确定张悟能为猝死，心脏问题。

区政府对张悟能舍己为公，带病坚持工作的行为给予高度赞扬，向全区印发了他的先进事迹，并号召全体干部职工向他学习。很快，上上下下掀起向张悟能学习的热潮。

张悟能的儿子办完父亲的丧事没再回上海，他用父亲的工伤赔偿金开了一家 IT 公司。偶尔，他看着父亲的遗像，失声痛哭，嘴里不停地念叨着，爸，你怎么这么傻啊……

生日

6月12日是初夏里最平凡的一天，可这天对于刘老太来说，却是一年当中最重要的一天。

天刚亮她就起了床，和以往一样，第一件事就是打开通往小院的门，让她的宝贝“儿子”跑出去便便。

刘老太看着在院子里撒欢的宝宝，满眼都是笑意。宝宝一边玩一边用眼瞟着老太，时不时晃动着它的小尾巴，一扭一扭，别提多招人稀罕。院子里百合含苞，滴滴露水在晨光下像少女的眼泪，晶莹剔透。她的视线在花与跷腿小便的宝宝之间来回移动着，不知怎么，竟叹口气，眼神黯淡下来。

宝宝跑回屋子，老太并没有关上通往院子的门，而是拉上塑钢纱门，把宝宝关在屋内。她蹒跚着走到院子角落里放着的大号喷水壶前，略感吃力地拿起壶来给百合浇水。浇浇停停，一个多钟头的时间过去了，门内的宝宝看着疲惫的老太坐在院子里的木椅上喘息，用小爪挠起纱门。老太知道宝宝饿了，回到屋里，给宝宝的食盆注满清水，放好狗粮。自己则走进厨房，将昨天的剩米饭倒进电饭煲。喝点粥，吃点腌咸菜，就算早餐了。

吃罢早餐，时钟显示才八点，正是早市快散的时候。老太给宝宝扎个头绫子，牵着它出了门。宝宝是纯种的泰迪犬，圆圆的脑袋、圆滚滚的身子、圆溜溜的眼睛，萌态逗人，在小区里很有一些人缘。

“老太，又带您儿子出去买菜啊？”“老太，您家宝宝打扮得越来越招人稀罕了。”小区里的邻居和刘老太打着招呼。

老太眯起眼睛微笑着。她很享受邻居们称赞宝宝，如他们当年称赞她的儿子学习优秀一样受用。

到了早市，在经常光顾的肉铺割了一块最好的猪肉，绞了馅，买了三只青椒，于是饺子馅就搞定了。又来到一家卖西点的店，挑了一款最小的生日蛋糕，嘴里念叨着："宝宝生日得买个蛋糕，图个喜庆。"

卖糕点的小妹妹惊讶地看了她好几眼，心想这老太买这么大点的生日蛋糕还图个喜庆，可真够小气的。老太并未注意到小妹妹的表情，把小蛋糕装进拉菜的小车里，抱起了宝宝。

"宝宝，晚上我们有蛋糕吃了。"

小妹妹看着老太怀里的狗狗瞪大了眼睛。心想，这老太可真特别，给狗狗过生日，还买蛋糕。

老太又在早市转了转，直到人散得差不多了，才和宝宝回了家。

中午，宝宝一如往常依偎着老太睡起午觉。老太翻了个身，宝宝立刻起来，用它湿湿的小舌头一下下舔起老太的脸。老太拍着它："乖，跟妈妈再睡一会儿，晚上妈妈给宝宝包饺饺，给宝宝过生日。"宝宝像听懂了老太的话，趴下，枕着她的枕头，闭上了眼睛。

华灯初上。饭桌上摆着煮好的饺子和小蛋糕，可老太竟盯着眼前的老年手机怔怔出神。宝宝被饺子的香气吸引，有些急躁，想从老太的怀里挣脱出来。可老太并没有松手，嘴里和宝宝说着话："宝宝，今天是你的生日知道吗？妈妈给你包了饺子，给你买了蛋糕。你小时候的样子每天都在妈妈眼前晃，你不长大该有多好。"说着说着，眼泪不由自主地流了下来。宝宝看着老太抽泣，不再挣扎，乖乖地依偎在她怀里。

饺子凉了，老太起身端进厨房加热，这时手机响了起来。老太的手有些颤抖，手机响了好几声，她才按下接听键。

手机那端传来男人的声音："妈，您还好吗？我刚下班。是不是又给我包饺子了？我在国外挺好，您放心。我两年没回家了，您一定要多保重。上个月给您打过去的钱收到没有？"

他的话被另一端的呜咽打断……

竹居

云阳城老街的拐角有一家不起眼的饭店，暗红色的桃木牌匾，上面画着几根翠竹，翠竹中间是烫金的“竹居”二字。这牌匾和店的门面一样，都很老旧，与周围装修光鲜整洁的店面相比，格外扎眼。小店里只有六张散台，吧台的右侧是两扇隔断，茂密的云竹隔开散台的视线，算是小包房，墙壁上挂着一幅书法：修修稍出类，辞卑不肯丛。有节天容直，无心道与空。

说起这家小店，云阳的一些老人赞不绝口，都说他家粤菜做得最地道，比那些大馆子不知好吃多少。三十年前开业的时候，云阳市还没几家粤菜馆，店一开张就火，足足火了十年。竹居的招牌菜都和上汤有关。据说这家店的创始人祖上曾给广西知府张敬修做主厨，至于后代怎么流落到北方，无从知晓。

最近，店主林光的心情一直不好。这半年生意惨淡，除了一些爱吃云吞面的老主顾，很多爱吃招牌菜的客人不见来了；他媳妇刚做完手术，他不光心疼媳妇的身体，也心疼那笔昂贵的医药费；女儿没几天就要中考，这几年补课费可是没少花，也不知道能不能考上理想的学校。一想这些，林光就觉得心烦。他不是不知道生意下滑的原因。前段日子，他跟躺在病床上的媳妇商量，说要不要咱也降下成本。媳妇瞪了他一眼：“我爸当初把店交给你的时候说的啥，忘了？你回店里再看看那幅老客送的字。”

前几天傍晚，大雨中来了四位客人。

“魏哥，可很久没来了。”林光微笑着迎了过去。

“今天人怎么这么少？”魏哥领着三个朋友径直走到隔断后面坐下，

“还是老三样：上汤娃娃菜，上汤丸子，清蒸鲈鱼。外加外婆菜。再来份上汤鱼翅。”

林光一听上汤鱼翅，苦了脸：“魏哥，不好意思啊，最近生意难做，客人也少，鱼翅现在没货，成本太高了。”

“哦，可惜了，你家的上汤鱼翅最地道，今天哥儿几个没口福了。那就再加两样小菜吧。”

林光泡了壶好茶，应了一声，去后厨做菜去了。

“魏哥，这家店虽然干净雅致，但有点太旧了吧？”随魏哥来的人四下打量，低声说。

“兄弟，你有所不知，我在食监局当了十年的小科长，像这样的店还真少见，他家的上汤、菜品可都是地道的真材实料。你猜他家为啥不装修？”

“为啥，怕花钱呗。”

“小人之心了不是，人家不装修的原因是不想把装修的费用转嫁到客人身上。他家的菜品、云吞多少年都不涨价，现在这样的人难得啊。”魏哥竖起大拇指，感叹道。

“他家的菜不便宜啊，你去过隔街新开的那家于记私房菜没有，那店可比这儿大多了，金碧辉煌。我刚还看了下菜牌，和他家的菜价一样。”魏哥左首戴着眼镜的男人翻着菜单，随口说道。

魏哥眉毛挑了两下，抿了口茶水：“你没去过那家店的后厨吧？我可是进去看过，他家的上汤是用透骨香、骨髓膏调制的。”

林光正从后厨端菜出来，无意中听到了魏哥的话，顿了顿，并未搭言，放下菜，又回后厨忙活去了。

四位客人都尝了一口上汤娃娃菜。

“魏哥，我真没吃出来这道菜哪儿好，口感上那家的味道反而鲜些。”

魏哥又轻轻一笑，摇了摇手：“我问你，你咋不让儿子吃街上的小吃，你在家做汤咋不用现成的汤料包？”

其余人一听这话，都点起头来。

中考前的午夜，林光来到店里，将准备好的十九斤瘦肉、八斤老鸡、三斤去皮生火腿用水焯过后，投入岳父最珍爱的紫砂锅中，然后注入四十二斤大清宝泉，水滚开如菊花心时，转为小火。忙完这些，他坐到椅子上点了支烟，看着紫砂锅，愣愣出神。耳边响起岳父说了上百遍的话：“紫砂只有咱中国才有，我这锅可是老料的砂泥，用这种锅炖汤才地道。”

一锅上汤足足熬了十二个小时。林光打开锅盖，看汤色浓白，将瘦肉馅放进汤锅。又过几个时辰，把汤过滤，拿小勺盛出一勺尝了尝，深呼口气，点了点头。然后哼起小曲，将祖传的紫砂锅架在店堂显眼的位置，并将上汤配方张贴于墙。

中午，阳光正浓，微风将路边的格桑花吹得轻轻摇曳，就连那块老招牌上的竹叶，也像跳起舞来。林光走出店门，贴出告示：中考期间考生可持准考证，免费品尝本店最新推出的容直上汤面。

半个苹果

“我女儿回来了。”“女儿从美国回来了。”这两句话，妻子跟我、跟邻居、跟闺密不知说过多少遍，我耳朵听得起了茧。

我理解她，她太想女儿了。女儿从生下来到上大学，都是妻子带在身边。孩子小的时候我在部队，几个月甚至一年才能回家一次。上初中时，我从部队转业，被分配到市作协，几乎把全身心都投入到创作中去。等我退休时，孩子已去美国读博。

一个人坐在家里茫然四顾的时候，发现除了书架上的书，我一无所有。关于妻子和女儿的回忆大多是模糊而久远的，她们的样子在脑海里也是很多年前的模样。

老妻自从女儿走后，开始黏人，逛街得我陪着，吃饭得我陪着，散步得我陪着，恨不得整天都要和我在一起。吵也吵了，闹也闹了，后来我妥协了，谁让自己当初亏欠了她们娘俩。好在我除了写作没有别的事情可做，好在我写作的时候妻子是安静的。

女儿推开家门进来的一瞬间，我竟似被沙子眯了眼，差点落泪，只好转过身去假装取放在沙发扶手上的书。女儿长大了，漂亮了，那头乌黑的长发像极了她妈妈年轻的时候，而她的眼睛又像极了我，那是一双诗人的眼睛，睿智而又忧郁。

女儿一改小时候的叽叽喳喳，说汉语也似乎带有一丝美利坚味。她腼腆地坐到我旁边，用她的小手环住我的左臂，说爸爸，你这两年又出新书没有？等我回去一定多带几本，同学听说我爸是大作家，羡慕得要死。

我没有回答她的问题，只说女儿，这次回来一定要多陪陪你妈，她没有一天不念叨你。

女儿回来的第四天中午，妻去超市买菜还没回来，女儿洗了两只苹果，把一只递给我，我不想吃，放在茶几上。她刚咬了两口苹果，电话响了，她接完电话连个招呼都没打，随手把未吃完的苹果扔在另一只旁边，匆匆忙忙就出去了。

我看着那只被女儿抛下的苹果，红红的、圆圆的，泛青的部分被她的樱桃小口咬了个豁儿。它在茶几上无奈地摇晃了几下，就依偎着另一只苹果，一动不动了。

我的心感觉被什么重器撞了下，转不回神，就像突然停电时找不到火柴和蜡烛。

我瞪着那两只苹果，尤其是那只缺了一块的，呆愣了好一会儿，然后点了一根烟。当烟圈徘徊在头顶，还没完全消散的时候，我笑了。

女儿接电话时的雀跃、激动，多么像当年我接听她妈妈电话的样子。那时我母亲是不是也和我现在一样，笑得很不好看。

我将半只苹果送到嘴边，照着女儿的齿痕咬了一口。然后拿起手机，按下0、1。我听见我的声音在空气里飘荡，妈，您还好吗？

母亲的遗像在书柜里安静地立着，不知她是否接到我打给她的电话。

真凶

分局刑警队。上午九点半。

女人推开二楼刑侦科的门，直奔副队长严明的办公桌走去。不顾严明正在打电话，一字一顿地说："严队长，我来投案，于峰是我杀死的！"

严明挂断手机，惊讶地打量她几眼。只见她目光呆滞，面色憔悴，旗袍像套在身上的麻袋，松松垮垮。"你是于峰的妻子洪艳？你丈夫的案子早就结了，杀人犯已经落网了！"

洪艳今天早早起了床，在浴室里待了足有一小时，不光洗干净了身体，还将腋下和私处的毛发一点点刮干净。她穿上十五年前结婚时那件镶满亮闪闪珠片的大红旗袍，用粉底遮住一脸憔悴，画了淡妆，走出门去。

她的家离市刑警队十站地。这一年，这段路她走过很多次，但都是开车。不过，今天徒步。昨天她给父亲打电话，说要出远门，车留给他了，想开或者卖都行。父亲问她去哪儿，是不是发生什么事了。她说她要去援藏，最少也得两年才回来。

今天真是个好天气，天空蓝得澄净透明。去年的今天是什么天呢？她想啊想的，实在没想起来。但肯定没有今天好，要不晚上怎么没有星光、没有月光呢。但也没有下雨。那是个阴天！她笃定了自己的想法。

路上的行人像相片似的，在她的身边和眼前晃过来晃过去。鸿基律师事务所、王记大骨头、阿山造型、AUB 房车、祖传修脚……一一划过她的视线。

她看着看着，竟笑出了声。一切都要结束了！真好！

这一年，她记不清有多少个夜晚，满身鲜血的于峰出现在她面前，她跪着求他原谅，可他不发一言。

这一年，她被多少人同情，这些同情里有多少幸灾乐祸的成分，她说不清。在此之前，她不止一次偷偷想过，如果于峰死了该多好。可是他真死了，遗体就躺在亮亮的冰冰的玻璃罩下面，她竟发现自己爱他！

这一年，她回忆最多的就是丈夫对她的好。每天出门的时候，再没人在她耳边唠叨天气。每天下班回家，看到清冷的炉灶，她就想哭。

想当年，洪艳答应和于峰谈恋爱，是因为介绍人说于峰这孩子老实，内秀，会过日子，以后一定会对你好。那时，于峰天天给她打电话，送各种小礼物，并且在她做阑尾炎手术的时候一步都没离开她。她想，爱情或许就是这样吧。

九个月后他俩结了婚。婚后两年，公婆催问为啥不要孩子，两人到医院检查后得知，洪艳输卵管比正常人狭窄，很难受孕。她怕耽误于家有后，要跟于峰离婚。可于峰说，艳，没事，丁克多好啊，我们有大把自由的时间。那时候，洪艳觉得能找到这样的男人，这辈子值了。

洪艳不止一次读过《包法利夫人》，不知为什么，她总在于峰身上看到包法利的影子。她没觉得包法利夫人有什么不对，难道她不该追求自己的爱情吗？只不过她太傻了，为什么要为了男人倾家荡产！

遇见他是命中注定吗？如果不是遇见他，怎么会有今天？她诅咒他，今生，来世！

他是局长。前年刚来经管局，就大刀阔斧地抓纪律、抓经济，还奖励人才。因为她公文写作非常出色，被他破格提拔，当了办公室副主任。那段时间，累是累些，可心里觉得有奔头。有一次，他带着局里的中层干部到他郊外的住宅聚会，那是一处一亩地那么大的院落，当看到满地跑的鸡鸭、白兔、牛羊，花园里圈养的大雁时，她的心瞬间开了锅，这不就是她梦想的家的样子吗！

谁勾引的谁不重要了，重要的是她找到梦寐以求的爱情了！从那以后，她越看于峰越不顺眼。

于峰被杀当天中午，他们还在一家宾馆缠绵过。

可于峰被杀后，他只礼貌性地慰问下，就再也不接她的电话，不久，又将她调离了局机关。

前天，她砸了他的办公室，玻璃碎裂噼噼啪啪的声音，让她无比的快意。

洪艳听严明说完，用力摇了摇头："不，是我杀了于峰，我才是真凶！"

严明暗想，看来这女人精神出问题了。于峰的案子是铁案，案犯供认不讳，并找到了凶器。

洪艳像看出严明心里所想："我没疯！"

她声音平静得像念稿子："出事那天，于峰喝完酒回家，没带家门钥匙，敲了半天门。我不想让他进门，把他撵走了。他应该又回来一次，我听到他上楼的脚步声，然后是急匆匆下楼的脚步声。后来听你们说，凶犯在他上楼时跟在他后面，我才明白，他发现后面有人跟着他，怕我开门会有危险，所以他下了楼……"

严明的脑海里响起了案犯的供述："我没想杀人，真的，我本来只是想偷点东西。谁知道那个人突然从楼上下来，我掉头跑，他在后面追，我一害怕，回身捅了他……"

惊蛰没有雷声

今天是武汉封城第四十三天。

老张早上起床后，发现冰箱里空空如也，便淘了点小米和大米，熬了一小锅粥。熬好后，用红糖一拌，早饭就妥了。

老张从清零那天开始就足不出户，和他的宝贝大白吃喝拉撒睡都在他的书舍。大白是女儿在十年前捡回的一只小奶猫，如今也如他般进入暮年。在他心里，大白早不是一只猫，而是陪在他身边的亲人，一如女儿的化身。这些天，多亏有了大白，才让他在这孤独封闭的水泥盒子里，感受到停滞不动的时光中的一点暖意。

老张是知名出版人，早年间干得风生水起，退休后在昙华林一隅开了一间书舍。书舍不大，经常搞一些诸如读书会或新书发布会之类的活动。偶有老友来访，几杯清茶，几盘自己包的饺子，几碟小菜，围坐喝点小酒，叙旧谈新，逗逗大白，日子过得倒也悠闲自在。

半月前，老社长打来电话，要出一本真实记录疫情中白衣天使事迹的书。老张一听，浑身细胞就都被调动起来了。

“老社长，太好了！我们想到一块了。我连书名都想好了，叫《我们的天使》。”老张从沙发上蹦起来，激动地说。

“既然不谋而合，组稿的事就你了。”老社长打蛇随棒上。

“行，没问题。”

挂了电话，老张忽然想起十几年前为书把房子都赔进去的事，叹了口气。人啊，总是好了伤疤忘了疼。

他坐回沙发，大白跳到他怀里，小脑袋拱着他耍贱。他来回抚摩着大白毛茸茸的后背，想伤疤再疼，该做的事还是要做，要不怎么对得起大写的人字。他抱起大白，亲了亲，释然地笑了。

昨天午饭的时候，又一位白衣天使离开了人间。他将资料发给团队里的编辑整理，饭也吃不下一口，晚上更是一夜无眠。牺牲的白衣天使，他们的名字、面影……等自己也去那边，一定挨个给他们鞠躬。

中午，网格员通知水果套餐到。女儿在盒马定购的几样菜蔬和猪肉也到了。他看着冰箱里的储藏，想省着点吃，坚持一周应该没问题。一周后，或许就能走出去了。

整理了一下午书稿，老张感觉脖颈、后背酸疼得要命。他看了一眼窗外，街上仍是空空荡荡。突然想起今天是惊蛰，本该是春雷乍动，怎么竟未听见雷声？

老张回忆起今年武汉第一次惊雷，就在刚封城那几日。一夜的暴风骤雨是他六十多年来所历最猛烈的一次。这要是小时候，非吓得他尿裤子不可。

他回过身，看一眼电脑屏幕上那根向下走了好远的线，做了一个大胆的决定——出门走走。

此时，夕阳西下，华灯初上。他站在美人梅树下。盛开的花朵，毫不在意无人观赏。他用力嗅了嗅，虽隔着口罩，那香气竟比往年浓郁了几分。

他不敢走出去太远，大约几百米的样子，就反身回来。胡乱炒了一盘四季豆，喝了二两小烧，日头就不见了。他拉上窗帘的一刻，暗忖，今天不会听到雷声了。

（此文以著名出版人张福臣老师在封城时期的真实生活为素材，经他本人同意，成就此文。）

大刘教妻

老鸥回家的时候，脸色像猪肝，黑红黑红的。一进门，鞋往地上一甩，摘下口罩，把里面垫的三层纱布扔进垃圾袋，往垃圾袋里喷上 84 消毒液，扎好口。然后冲进卫生间关上门，不一会儿，里面传来哗哗的水声。

“晓鸥回来了？”主卧传来口齿不清的询问。

“姥爷，我妈回来了，洗澡呢。”老鸥的闺女温婉走进主卧，坐到老人的床边说道。

老鸥大名赵晓鸥，今年五十二岁，是长江社区卫生服务中心的财务科长。她平时说话粗声大气的，还好打抱不平，单位的同事都喊她老鸥。她不知道夸她损她哪个多些，也不在意，谁喊老鸥她都应。

这几年，老鸥突然觉得钱是好东西，没有它真不行。老父亲卧病在床三年了，偶尔精神好，靠两个人扶着，能在地上站几分钟，大多时候都躺在床上。丈夫大刘是司机，原来是送大清宝泉的，因岳父需要人照顾，就把工作辞了。好在她家新买的房子是一楼，两口子就把他们的卧室腾出来，开了个小超市。温婉今年高三，正是较劲儿的时候，每天都学习到半夜。如今，老爸看病需要钱，孩子补习需要钱，小超市上货需要流动资金，柴米油盐酱醋茶，都需要钱。

大年初一晚上，她正喂老爸吃饺子，接到院长电话：“老鸥，局里发通知了，从明天开始，财务科长必须天天到岗。”

“什么情况，大年初二就上班？”

“现在各医院都要上报防疫物资，建立防疫物资库房管理制度。明天你来单位，有些具体问题还得跟你研究下。”

第二天一大早，老鸥早早来到单位。路过院长办公室的时候，看院长正在纸上写写画画。

她打了声招呼。院长说：“正要跟你商量事，快进来。昨天局里通知，在咱这儿成立全区唯一一家发热门诊。为了避免医护人员和发热患者有更多接触，发热门诊设在大厅入口处，有疑似病例我们转送市级医院。收款处就在门口，这些天一定不要发生离岗。昨天我去收款处，听说春节前有两个人请假了？”

老鸥一听，眉头皱起来。收款处两个人请假回家探亲，还有一个孕妇，特殊时期她想上班也不能让她上啊。

她咬咬牙，这时候不能说困难，自己顶个白班就是：“放心，财务科不会在这时候添乱。”

从这天开始，长江社区卫生服务站基本停诊，通知发出去了，但还有不少人来问这问那。也有发烧患者前来就诊的。他们虽然都被送去市级医院了，但老鸥总觉得有病毒在飞。一天洗手、消毒无数次，本来就粗糙的手，如今起了皮，摸着都扎人。她很害怕，怕自己不小心被传染，再把别人传上，家里人不用说，传染邻里街坊可是罪过。这些天，她家的小超市一直关门，有人需要买东西，拨大刘电话，他给送。不进门，东西放到门口就走。

前天晚上，老鸥和大刘说：“财政下文件要给疫情补助了，按二线算，这十多天还能给两千多。钱到手给女儿买件衣服，过年都没舍得给她添新衣。”

夫妻过了大半辈子，老鸥进门的脸色，大刘看在眼里，知道媳妇一定是在单位惹了气。这些年她的脾气虽然改掉好多，但说不准啥时会爆发一次。晚上，两口子关了卧室的门，大刘压低声问：“媳妇，受啥气了？看你进屋时那脸色，跟猪肚子似的。”

“太气人了！疫情补助没我们啥事！做表的时候，我心里这个堵！一线医护人员给多少都应该，这没啥说的，我生气的是天天让我们上班，咋到给钱的时候没有我们了？不给其实也没什么，那咋管理人员有？再说，没有我们可以，收款处应该有啊！”老鸥声音都有些走调。

“你跟院长喊了？”

“喊了，要不得憋死我！”

“院长说啥了？”

“他没搭理我，就看着我喊。”

“你呀，怪不得成老姑娘，也就我娶你……”

“滚！你说气人不气人，我生气不对吗？”

“晓鸥，我必须得说你，你的性子还得收！这样下去，我真怕你不能陪我到老。这是什么时候？！这点事算个什么事？！你再想想那些公交车司机、快递小哥、卖菜的店员，他们谁给补助？！抬头三尺有神明，咱们老百姓，不给国家、政府、单位、别人添乱，做好自己就好。”

老鸥眨巴着眼睛，久久没说话。好半天，叹了口气，把后背给了大刘。

“睡吧，明天我还得早起上班呢。”

与天堂无限靠近

我知道，我就要离开这个世界了！

让人坐不下站不下躺不下的透骨的疼痛折磨我一整夜。二哥的鼾声在耳畔响着，我强忍着不哼出声。

好不容易熬到天明。在清晨的微光里，我看到一个被无边无际的淡蓝包裹的澄澈、安宁的世界。我想，这是天堂在召唤我了。

其实，我早想死去。只有这样，无尽的痛苦才熬到了头。可是一看到孩子，我就不舍得离开。

我披着厚厚的老式军大衣，扶着炕上粗木打制的行李架，站到窗口。冷风从窗缝灌进来，我捂了捂脸。

院子里的猫和狗，蜷缩着身体，紧靠着柴火垛。院子外土路上的积雪，落满灰尘。那些凌乱的脚印，让我想起儿时搬家的那天。

那是1976年，我六岁。那天格外的冷。小伙伴屁德子手捧着一块刚烤熟的地瓜来送我。我家很穷，半卡车就装下了家里所有的物件。

父母带着我们哥儿四个，从任家村搬到这里。新家是三间土房，前后院各有一小块自留地。我家的老猫，在搬家第二天没了踪影，过几天又回来了。后来我才知道那几天它跑去旧家了。我总是疑惑，这猫是怎么找回去的，一百里路呢。现在，我突然明白了。

二嫂在厨房里忙，妻从东屋走出来，戴着厚厚的棉织帽和口罩，显得和这里格格不入。从我第一次肠癌手术到现在快两年了，这两年她哭了太多。她身体不好，超敏体质，闻不得煤烟味，更受不得寒凉。我这个在农村长大的人都不能适应这里恶劣的环境，何况她呢？她能来看我已是不易，还是应该让她快点回去。

我慢慢坐下身，蹭到炕沿。妻走到我面前，站下。看到她的眼睛又红又肿，我伸出手，又缩回来。

妻的双手在厚厚的羽绒服袖管里，她的声音很低，低到几乎听不见。

“我要回去了，这里我实在待不了。”

“嗯，好，吃过早饭就走吧。我不能照顾你了，你照顾好自己。”我的声音也很低，不知她能不能听见。

“周末女儿回来时，你要嘱咐她好好念书。你大哥是镇长，她在这儿我放心。”

“嗯，女儿最近状态好多了，我也放心了。她是个坚强的孩子。”

女儿去年没有参加高考，这是我的心病。把孩子转到农村来上学，实是不得已。没想到，孩子像突然长大了，学习成绩也逐渐恢复。

“小玉，”妻的眼泪哗哗往下流，“我打算去南方一段时间，不能陪你了……”

“去吧。这两年拖累你了。”我多想对妻说我看到天堂的蓝了。可何必让她为难，何必让她伤心呢。

吃过早饭，妻走了，我没有去送她。我坐在简易的木便盆座上，没有一丝力气。二哥打来一桶热水，放在便盆架的下面，叹了口气，就出去了。

我拿出手机，见梅子发来微信：老哥，昨天力力和胖墩儿生气，胖墩儿使劲哭，怎么也哄不好，雅雅看到也生气了，用手打他俩，太逗了。

我回了一个灿烂的笑脸。梅子是个了不起的女子，义务照顾“爱心之家”的孤寡老人和残障人，整整三年。

我打开“爱心之家”公众号，看到“天下高龄皆父母，人间晚辈尽儿孙”的题头，眼泪突然控制不住涌出来。我知道，这是我最后一次在公众号留言。

之后，给同事发了一条微信：“身体情况不妙，需用身份证件，速！”

这一切都完成后，我开始等待，等待人世间最后一波痛苦！

七天回望的时候，听大哥念叨，那天傍晚，我昏迷着被救护车送回沈阳。第二天凌晨失明，中午失忆，晚上开始抽搐。第三天凌晨三点，回光返照，女儿和大哥把我扶起来，靠在棉被卷上。不到四点，女儿发现，我坐着安静地走了。

同事们为我送行，不少人哭红了眼睛，“爱心之家”的志愿者们自发为我举行了悼念活动。妻在我离开人世前几个小时，在广西某镇，用微信给“爱心之家”捐了一百九十二元。

我懂得，她是在告诉我：依旧爱着……

感谢

田大有一旦喝了酒，看着自家满地跑的两个小娃，就会对小河说感谢地震。小河因此骂他 N 多次：“田大有，你真有病！你再敢胡说，我就跟你离婚！”

小河的老家在四川。“五一二”地震的时候，她二十三岁，在沿海地区的一家纺纱厂打工。电视里滚动的灾区新闻，揪得她的心一颤颤地疼。她给一手把她带大的奶奶打电话，怎么打也打不通。实在忍不住，给田大有打电话：“我要回老家，你要不要回去？”

“回，我陪你！”田大有立刻应了下来。

田大有和小河家不在一个村，但两村相邻。几个月前，小河的奶奶让她必须回去，说最近身体不好，想她了。小河回去后才知道，奶奶不是身体不好，是要她相亲。相亲的对象就是田大有。

田大有一见小河就喜欢上了。小河个子不高，娇小玲珑的，尤其那双眼睛，又大又圆，眨巴眨巴像小精灵。

小河是第一次相亲，偷偷瞄了田大有几眼，没咂摸出什么滋味，也没记清他长什么样。但见他一个劲儿盯着自己看，晓得他看上自己了。

临回工厂，他们又见了一次。田大有借口来给奶奶送腊肉，坐了坐，看小河也没有很欢迎的意思，就走了。

小河不知道为什么要打电话给田大有，她只是觉得，他能懂她的心情。

没过一小时，田大有打来电话，说回去的机票已经订好了，明天早上得起早赶到机场。小河嗯嗯地答应着，心里涌出一丝感激。

她和田大有背着大大小小的包出现在自家院子里时，奶奶急了眼：

“丫儿，你干啥子回来？赶紧走！不要再回来！”

小河哭了：“我不走，我得陪着您！”

“你陪我干啥子？！”奶奶转过脸瞧田大有，“大有，你带小河走，你俩吃过饭赶最后一趟大巴去成都！”

小河不同意：“奶奶，你跟我一起走，要不我不走。”

“你要听话，奶奶这么大岁数了，不怕死。再说，这儿离震中远，奶奶没事的。你必须走，奶奶还想抱重外孙呢。”

小河最终没拗过奶奶。临走奶奶把手腕上的银镯子给了她，并偷偷跟她说：“小河，大有不错，这时候能陪你回来，是个可靠的人。”

小河一步一回头地离开，田大有在后面默默跟着。到成都已经很晚了，两人找了一家小店，吃了碗面条。

回到打工的城市后，小河和田大有正式确定了恋爱关系。

一次两人吵架，小河说：“田大有你真小气，陪我回趟老家，上顿下顿都吃面条。”

田大有说：“小河，你有点良心好不好，陪你回这趟老家，花光了我所有的钱。”

小河眨巴眨巴眼睛，突然觉得自己长大了。

小河和田大有结了婚。婚后两年生了宝宝。宝宝三岁的时候，他们带着孩子回到老家，看到很多房子空荡荡的，心里很不是滋味。有人说，那些空房子里总传出哭声。

一天，小河做完早饭，对奶奶说：“我和大有商量好了，不回工厂了，在这里陪着您。”

“你们在外面挺好的，为啥子偏要回来？”奶奶抱着重外孙，不解地问。

“奶奶，我们觉得应该留下来！以前总想着要努力挣钱，以后好搬到大城市去，但是地震后，就是想要回来，想为家乡做点事。现在政策这么好，生活是有保障的。”小河信心满满地说。

“不行，你们不能留在这里！”奶奶很惶恐，使劲摇着手说。

“奶奶，自从有了孩子，我突然理解当年您为什么不和我一起离开家乡了。”小河的声音有些哽咽。

“我不让你们留在这儿！”奶奶生气地把宝宝塞进小河怀里，往外走去。

“奶奶，我觉得小河是对的。我们如果不回来，能对得起那些故去的和抢险救援的人吗？难道要等别人来重建我们的家乡吗？”

大有的话让奶奶的脚步停住了。她没有回头，抬起手揉了揉眼睛。

邂逅变奏曲

傍晚，商业步行街上人流如织。

浅粉高跟鱼嘴皮凉鞋敲打着仿古青砖路面，发出笃笃的声音。长发上紫色镶钻蝴蝶发卡在夕阳下时不时晃着路人的眼睛。低胸的浅粉T恤和高跟鞋很搭，深蓝牛仔超短裙遮着小巧的臀部。于北北挺着胸慢悠悠地往前走，不时回瞪下看她的男人。

于北北今年二十二岁，大专毕业后找过几份工作，不是嫌工资少，就是嫌工作累。好在她家条件还不错，父亲是中学老师，母亲帮别人做生意，她不上班也养得起。何况父母和她都认为，女人上不上班不重要，有张漂亮脸蛋，找个有钱的男人嫁了，一切都OK了。

不久前，她在陌陌上认识一个男人。据男人说，他三十二岁，未婚，海归，经营一家琉璃厂。于北北特意找度娘问什么是琉璃，等查完，她的心就像被什么扯了下，那个男人在她眼里变帅了。于北北和他视频的时候，把自己打扮得像韩国性感萌妹子，但那男人却总是不冷不热。这更像一个痒痒挠，挠着她的玻璃心。

于北北为了今晚的约会特意做了一下午头发，又换上了这身能吸引男人眼球的衣服。结果离约会时间还有半小时，男人突然说他有紧急业务，得飞香港。于北北强忍着骂他的冲动，嗲嗲地说，没事，我们以后长着呢，工作要紧。

于北北的脚步在兴隆大家庭门前停下了。还是进去逛逛吧。她上上下下逛了一大圈，又在地下小吃街吃了一串QQ鸡架，外加一杯奶茶。出来的时候，已经将近八点了。

此时，暴雨如注，雷声隆隆。

被大雨阻在门口的男男女女，或仰着头望着倾盆大雨犯愁，或低头鼓捣手机。

“咔……哐……”一道狰狞的闪电划过，紧跟着一声惊天地泣鬼神的炸雷。于北北吓得尖叫一声，扑进身边男人的怀中！她闭着眼睛，将头深深埋进男人的胸口。

那男人四十多岁的样子，很强壮。雷电闪过之时，他那张脸让旁边的小伙想起了卡西莫多。男人愣了几秒，双手环抱，将于北北搂在怀中，不断用手轻轻拍着她的背……

或许是三十秒，或许是一分钟，雷声停了。于北北还惊魂未定地靠在男人怀里。

四周围响起掌声，于北北从男人的怀中挣脱出来。她低着头，脸红红的，慌乱地说：大哥，谢谢，对不起……

男人有些尴尬，不好意思地说：没事，没事，妹子，再下雨的时候和家人一起出来……

于北北抬起头，看了男人一眼。她的脸红晕剧增，不顾外面雨正大，从商场的门廊里冲了出去。

风停雨住。门廊下的人都往外走，小伙拍了下男人的肩膀，说大哥，艳福不浅啊！

男人嘿嘿笑了两声，将小半截的烟用左手指掐灭，装进兜里。

此刻，于北北像落汤的母鸡，坐在离兴隆大家庭不远的肯德基的角落里。她盯着眼前化了一半的冰激凌，眼泪一串串地往下掉，劣质烟草和汗水混合的气味，似乎在她鼻腔里生了根。她用纸巾擦干眼泪，吃了几口冰激凌，抬眼向窗外望去。

突然，一个侧脸像极了那个去香港开会的男人，臂弯里拥着比他年龄还大的女人，出现在她的视野里……

陈皮

陈皮本名陈波，陈皮是绰号。波字那三点水什么时候溜走的不好考证，他自己也说不清。

陈皮出生在中医世家，他的祖父在关里坐堂行医，父亲是省中医院成立后第一批被评为教授的医生。他父业子承学了中医，毕业后也进了省中医研究院。

陈皮专攻妇科，尤其擅长治疗不孕不育和疑难杂症。他瞧病就靠号脉，号完脉，开三到五服药，嘱咐患者药吃完再来。他常说，中医讲究的是“调”，是“阴阳平衡”，几服药吃完，药方和药量就要有变化。只有极特殊的情况下，他才开化验、检查单子，但从未开过 CT、核磁共振一类。

以前院里不少医生觉得，陈皮在患者中的口碑那么好，不是靠的医术，靠的只是医药费低。可后来一件事让这些人闭上了嘴。

事情是这样的。内科门诊小刘求陈皮给怀孕两个多月的媳妇把脉，想知道是男孩还是女孩。那时陈皮刚四十。陈皮号完脉笑了，说你小子命真好，是个带把儿的。小刘兴奋了一整夜。过一个月，他把媳妇领到 B 超室，B 超室的医生看完，说我没瞧见啥。小刘一听，蒙了，说陈皮可说了，是男孩。B 超医生说那你还是听陈皮的吧，现在可能太小。胎儿七个月的时候，小刘又把媳妇领来了。医生做完 B 超又说我没瞧见啥。小刘心里没底了，暗想，陈皮这脉号得不准啊。孩子出生，是男孩。他高兴之余，不禁由衷佩服起陈皮来。

陈皮四十二岁那年，院长代表组织找他谈话，想破格提拔他，让他接任主管医疗的副院长。陈皮有些犹豫，说回家和父亲商量商量。没过几天，他就跟院长说他父亲不同意他当官，让他继续瞧病。

院长说陈大夫，你咋那么听陈老的，他这是耽误你的前途。

陈皮笑了，说谢谢组织对我的信任，不过，我觉得父亲说得对，我这人太犟，遇事一根筋，不会变通，当官纯是给自己个儿找负担。我还是愿意瞧病，一看患者吃完我开的药病好了，就特有成就感。

院长知道，没人能改变陈皮认定的事，也就不再坚持。

春来冬往，陈皮的患者越来越多。挂他的号得提前一周预约。每天八点开诊，一直到下班，一刻无闲。别看找他瞧病的患者多，他收入并不高，个中原因，我就不说了。至今他还住在中医院早年建的“教授楼”里，那是当年分给他父亲的不到九十平方米的单元房。陈皮媳妇年轻的时候总念叨要换新房，慢慢地就不说了。他不是没想过要买新房，但他真没时间。换房子实在太麻烦了，需要大量的人力、物力、财力。他一辈子没张过嘴求人，这么麻烦的事，自己干不了，媳妇也干不了。再说了，有住的地儿就好了，家里收拾干净就行了。如今孩子大了，老两口儿拿出四十万，给儿子预备结婚的新房付了首付，都觉得完成一件大事。

他媳妇越来越觉得嫁对了人，因为陈皮，她到哪儿都受人尊敬。街坊邻居乃至不认识的人见面都跟她打招呼，有的还尊称她“师母”。

谁知还有两年就退休，陈皮体检时竟查出胃里长个肿瘤，手术时做切片，是恶性。他媳妇为此不知哭了多少次，说老天真是不开眼，像陈皮这么好的人也得癌症。再一想术后的治疗费用，以他家的经济情况颇感吃力。谁知陈皮一点不担心，对她说媳妇，我没事，谁说医生不能给自己瞧病，我就能，不信你等着瞧，我也不化疗，我给自己个儿开方，慢慢将养，你放心，我没那么容易死。

还真别说，一晃十年过去了，陈皮现在是吃啥啥香，脸色红润，啥事没有。他媳妇也就把心放进肚子里。

人生总有一些事很奇妙，让你觉得冥冥中像有什么预示似的。这几年陈皮给自己个儿配的药膳总离不开陈皮。可别小看这味药,《本草纲要》盛赞它有通滞之效。如今年份长、品相好的陈皮价格不菲，四十年的陈皮市价一万元一两。

陈皮年轻时候跟他父亲去广东新会，特意拜访过古法制作陈皮的手艺人，这回派上了用场。每年新会大红柑丰收的时候，他就找那边的朋友给他邮来几箱，然后自己动手制作陈皮。连他自己都没想到，他制作的陈皮竟然出了名。大家都说，陈老的陈皮和他人一样，都散发着檀香木的光泽。

最近二三年，陈皮竟然给他带来不少收入。有一天，他媳妇和他开玩笑，老伴，你这老了老了，还有要发财的苗头了，难道老天开眼，让我们也享受享受有钱人的生活?

正在看报纸的陈皮抬起头来，把老花镜推至额头，眯着眼睛笑着对媳妇说，有钱人啥生活?咱们整天舒坦过日子就是好生活!再说了，你没听说百年陈皮赛黄金吗!

小白

伏羲小酒馆坐落在城乡交界处，方圆百里闻名遐迩。虽说叫小酒馆，其实并不小，上下共三层。从楼顶垂下的黄地红边酒幌像一面大旗，上书一个巨大的“酒”字。酒馆内原木雕梁、格栅门以及山水意境的装修风格，让酒客犹如置身世外桃源，非醉不得尽兴似的。

这日傍晚，一男一女两个年轻人从车里出来。酒馆门口匍匐在木台阶上的小狗晃着小尾巴跑了过去。女孩蹲下身正想抚摸，男孩飞起一脚将小狗踢了个跟头。

“你干什么？！”女孩生气地喊道。

“你看它湿漉漉的，别把你裙子弄脏了，挺贵的。”男孩说。

女孩瞪了男孩一眼，甩开他伸过来的手，率先走进酒馆。

这对年轻人是市里工学院的学生。男孩叫张晓谦，今年大四，长身玉立，剑眉星目，齿白唇红，怎一个“帅”字了得。同学们都喊他“国民对象”，也有人私下叫他“小白”。

半年前，女孩开着红跑在校外截住他。

“嗨，国民对象，认识下！”

张晓谦看了她一眼。这女孩除了黑黑亮亮瀑布般的长发惹眼，就再没有能让人记住的地方。他理都没理继续往前走。

女孩狠狠按了两声喇叭：“嘿，跟你说话呢！带上你的狐朋狗友去天帝会馆嗨皮，我请客。”

张晓谦一听天帝会馆，站住了，那可是他想都不敢想的地方，消费一次就得用掉小半年生活费。

女孩看他回头，笑了，打开车门："上来吧。"

张晓谦得知女孩旅游管理系大二，因为她的声音很美，像他女友寝室窗前挂着的紫色风铃，他就叫她小铃铛。天帝会馆是小铃铛父亲的朋友开的，据说她家的生意比这还大。

从那以后，小铃铛成了张晓谦的小金库，没事就请他和他的同学大吃大喝。每次小铃铛都让他带着女友，他女友跟着去过一次，就再也不去了，并且也不让他去。张晓谦烦了，干脆跟女友分了手。

一次，小铃铛请一群人来伏羲小酒馆。半醉的时候，她问张晓谦："你女朋友怎么没来？"

"分手了。我心里住进一个女神，再容不下别人。"

说这话的时候，两个人的眼神像两股绳扭在了一起。

今天下午，张晓谦收到小铃铛的微信："晚来天欲雨，伏羲小酒馆？"

他试探地回了句："女神，就咱俩可好？"

好半天小铃铛没回信息，张晓谦骂句装什么装。正想再找哪些狐朋狗友，小铃铛回了一个两只小猫一起吃薯片的表情。

两人去酒馆，刚出市区，小铃铛突然把车停在山下。此时，浓云密布，山中不见人影。两人沿径而上，树叶窸窣声、山涧叮咚声、鸟儿啁啾声，清晰可辨。小铃铛的长发被晚风吹起，拂到张晓谦的面颊上痒痒的。

他突然从后面抱住小铃铛，小铃铛身体有些僵直，但没挣开。张晓谦的手刚要往上滑，小铃铛挣开他的怀抱，脸色绯红地说："走吧，去喝酒吧。"

两人在酒馆找了一个有窗的小包间坐下，小铃铛要了四瓶半斤装伏羲自酿酒，神秘兮兮地对张晓谦说："我有个伟大的计划，一会儿告诉你。来，先干一杯！"

小铃铛的脑袋里总有很多稀奇古怪的点子，张晓谦见怪不怪。两人喝了起来。

两瓶酒下肚，小铃铛的脸色微红，下颏上的青春痘越发明显。她摇着晶莹剔透的酒瓶，问张晓谦：“你知道我为什么愿意到这儿喝酒吗？”

“酒好喝呗，我也爱喝。”

小铃铛白了他一眼，指着墙壁上题有“我有一壶酒，足以慰风尘”的画，说道：“这酒的醇让我想到海昏侯墓出土的蒸馏器和清澈的泉水，这儿的字画，又好似远离喧嚣的江湖……”

张晓谦哪有心思听她说这些，她高耸的胸脯在他眼前晃来晃去，像冲他一勾一勾的食指。

三瓶酒喝完的时候，张晓谦有些醉意了。小铃铛还在说着他不爱听也听不懂的话。他的眼睛里喷射着灼人的光，借着酒劲说道：“小铃铛，咱俩去宾馆吧。”

小铃铛说了什么，他记不起来了，只记得一口气把杯里剩下的酒都喝了，立刻就醉倒了。

等他醒来的时候，手机在他裤兜里振动着。他打开一看，小铃铛在微信里给他留言：你真是小白，永不再见！

他晃晃荡荡走出酒馆，一出门，被大雨淋得浑身湿透。看小铃铛的车还在那儿停着，以为小铃铛是开玩笑。拨她的手机，她把手机按了。发微信，发现她把自己拉黑了。

一股愤懑在张晓谦的心里升腾，他大骂了声“婊子”，回酒馆又要了一瓶伏羲自酿酒，没几口就灌了下去。靠在椅子上打开手机，再次拨打小铃铛的号码，可传来的是“您拨打的电话已关机”。他翻了翻通信录，点在前女友的号码上按了下去……

不要过来

过完九十岁生日的第三天晚上，爷爷靠在沙发上泡脚的时候，迷迷糊糊地睡着了。

父亲看水凉了，就把爷爷的脚拿出来，用毛巾擦。

爷爷突然瞪圆眼睛，身子使劲往后缩，大喊："不要过来……不要过来！"

父亲赶紧拍拍他："爸，您又做梦了，擦干脚赶紧上床吧。"

爷爷看了看父亲，似乎回过神来："儿子，我要走了，刚才我看见师长了。"

父亲心没来由一紧："您别乱说，去年病成那样都没事，现在好好的，走什么走？您就是又想师长了。"

"确实看见他了，他冲我招手。"

"爸，您能活到一百岁。现在国家政策好，社区每月给百岁老人补助三百元呢。"

爷爷呵呵笑了，脸色有些红润了："没白革命，大家能过上这样从前连想都想不到的好日子，值了！"

他穿上拖鞋，下了地，也没用父亲扶，自己回到卧室躺到床上。"唉，可惜师长没活到今天。当年过草地的时候，要是没有他那头大黑骡子，你老子早死戻了……"

这些话爷爷不知说过多少遍，可今天父亲就是觉得怪怪的。他担心地问："爸，您没事吧，觉得哪里不舒服吗？要不咱去医院吧？"

"我没事，哪儿也不难受。你快睡去吧，明天想着让晓临带雅儿回来，我想他们了。"

父亲答应一声，给他盖好被子。

这两天公司接了个大单，部门经理晓临忙得顾头不顾腚，听父亲说让带女儿回家去看爷爷，不耐烦地说:“爸，过几天行不？我都要忙死了。”

“混蛋，让你回来你就回来！爷爷白疼你了！”父亲顿了顿，“儿子，刚才你爷爷说话怪怪的，又喊不要过来，又说看见师长了，我感觉可不得劲儿了，不会有什么事吧？”

正想着明天怎么和客户谈判呢，晓临随口应付：“能有什么事？你这老共产党员还迷信。”

挂断父亲的电话，晓临就躺下了，可闭上眼睛怎么也睡不着。想着去年陪护爷爷的时候也听他喊过好几次“不要过来”。后来爷爷病情好转，晓临就问：“爷爷，您病的时候，总喊不要过来，咋回事？”

爷爷刚从鬼门关转悠一圈回来，口齿还不太清楚：“1935年，我在彭老总的队伍里，我们接到（党中央）命令，从四川毛儿盖出发，进入草地。那草地，根本就不是人能过的地儿，河汊里外全是水草，远远望去，像灰绿的海子，看不到一个人，鸟儿也没一只。进草地第三天，下大雨，我身上带的青稞面淋湿了，成了疙瘩，把喉咙塞得满满的，根本咽不下去，没办法只能挖野菜吃。好不容易熬了一夜，差点没冻死。早上赶路的时候，看见几个人背靠背坐着，一动不动，我上去一推，发现他们的身体早就僵硬了。我那时才十六岁，吓坏了，也不敢哭……跟着大伙小心翼翼地往前走。突然，我们排长陷进了泥泡子，他旁边的战士去救他，结果自己也陷了进去。排长对我最好了，我像疯子似的往前冲，想去救他，班长狠命地抱住我。只听排长和那个战士大声喊：‘不要过来！不要过来！’我眼睁睁地看着他们陷下去，只剩两顶军帽在泥水上漂啊漂的……”

爷爷讲的时候好几次用他的小手巾擦眼睛。

好不容易迷糊着，手机响了。晓临摸索着接起：“喂，谁呀？”

“儿子，你爷爷走了……”手机那端传来了父亲的哭声。晓临噌地从床上蹦了起来。

“爷爷走了？！您别哭，我马上过去。”

晓临开着车飞奔，一路上死的心都有。我他妈什么人啊，爸打电话的时候为啥不赶过去看看呢！

爷爷躺在那儿，就像睡着一样。父亲跟晓临说，起夜的时候，发现爷爷卧室没灯光，他很奇怪，爷爷卧室的小台灯从来不关的。他推开门走到床边，看爷爷一动不动。他叫了两声，爷爷也没动。伸手一摸，身体已经凉了。

父亲说话的时候，晓临却仿佛看到爷爷动了。他对晓临摆着手，嘶哑地喊，不要过来……

守墓人

云阳城东有东山公墓，建于山坡，坡下有湖，夏季的时候荷花铺满湖面，时有水鸟和野鸭出没。坡顶两间各约二十平方米的砖房，是守墓人老郭起居的地方。

老郭长得人高马大，腰板笔挺。黑白相间的络腮胡子疏于打理，横冲直撞地在脸上长着。别看他胡子茂密，头发却很稀疏，如此，额头就格外醒目。他整天拎着大水桶，扛着锄头，在园区里巡视。遇到来扫墓的人，就停下闲聊几句。

去年清明，我和父亲去给母亲扫墓。擦拭墓碑灰尘的时候，无意中发现大理石墓基和地面相接处有条细小的裂缝。父亲很是着急，一个劲儿念叨："这要下雨把你妈浇了怎么办？这要下雨把你妈浇了怎么办？"

"爸，您别急，我这就去找墓园的管理员，花了好几万，他们得管。"正说着，老郭就过来了。

听明白怎么回事，他说："等着，我这就去取玻璃胶。"

不一会儿回转来，没一分钟就把缝隙用胶填好。我和父亲连声道谢。老郭憨厚地笑了："谢啥，应该的。"

我赶忙递过去一根烟，他接过去别在耳朵上，拿起锄头和水桶，继续巡视去了。

母亲忌日那天，我老远看见老郭坐在台阶上吸烟，和他打招呼："郭师傅，抽烟呢，上次谢谢你啊。"

他诧异地看着我："谢我啥？"

"你忘了？清明的时候你把我妈的墓地修好了。"

“哦，这事谢啥，应该的。刚才还有个谢我的，你们可真客气。”

“他谢你啥？”我好奇地问。

“那人说他父亲下葬的头一天下雨，我用块大雨披把墓整个罩上了。我早就忘了这事了。”

我看着他优哉游哉地吐着烟圈，不知怎么，心竟像被什么撞了下。

“郭师傅，你在这儿多久了？”

“媳妇去世那年我就来了，七年了。”

“对不起啊，看我这话问的，惹你伤心了。”

“媳妇走那年才五十八，唉。我在老家给她选了块风水好的墓地，我的名字也用红字刻墓碑上了。我一直陪着她呢。”

我看他眼神里流露出哀伤，连忙转移话题：“郭师傅，怎么没见你那两条狗？”

“让我送人了……”他的声音很低，眼里流露出不舍。

“干吗送人啊？给你做个伴儿多好。”

“倒是能给我做伴儿，可是也惹祸……”

“不会吧？那两只狗从来不咬人啊，很温顺的。”

“我的大黄二黄当然不咬人了，”他声音提高了些，马上又低了下去，“可是一到晚上总偷吃人家上的供品。”

我本来想说吃就吃了呗，也没什么啊，可老郭补了一句：“不该吃的绝不能吃，再说，打扰魂灵安寝是有罪的。”

我把没说出口的话咽了回去，咂摸着老郭话的意思。

有一天半夜，我喝多了酒，打车来到墓园，翻门进去，跑到母亲墓前大哭，后来竟趴在那儿睡着了。等我醒来，发现自己躺在一张陌生的床上。我使劲晃晃脑袋，起身四下看。离床不远有一台立式风扇，套着洗得发白的手工刺绣梅花布罩，底座蒙着一层灰尘。方桌上摆着二十九吋后罗锅式电视机，旁边钉在墙上的简易书架上，参差不齐地摆着几十本书。右边靠墙放着一溜乱七八糟的杂物。转头看，老郭盘腿坐在屋角已看不出原本颜色的草蒲团上，嘴唇翕动。

“郭师傅……”

他把手指放在嘴前，做了一个噤声的手势。

过了两分钟，老郭站起来，向空中挥了挥手：“你们该走了，我来客人了，今天就念到这儿。”

“你在跟谁说话啊？”

“来听经的魂灵啊，”他的声音很平静，“他们每天都来听我诵经。”

我的汗毛噌地竖了起来，紧张地四下望了望。

“呵呵，你别害怕，他们不会伤害你的。你刚才和你妈对话你咋不怕？”

我的头发立了起来，感觉瞳孔都大了。

“我和我妈对话？”

老郭拿起挂在墙壁上的一串钥匙，对我说：“走吧，我送你出去。下回可少喝点酒，看你醉的，我把你背回来，你都不知道。你说你大晚上跑你妈坟头号，说答应她的很多事都没做到，让你妈骂了吧。”

我头皮麻麻地紧紧跟在他身后往外走：“我妈骂我？骂我啥？”

“还能骂你啥？！你妈骂你是混小子，你爸都八十四了，不在家好好陪你爸，跑这儿乱叫……”

香水无毒

记不清从什么时候开始，我喜欢独自躲在城市的一隅，享受几小时宁静的读书时光。

今天吉斯咖啡店的人不多，我正追随着梭罗在瓦尔登湖畔漫步，突然，“纪梵希海洋香榭”独有的淡淡檀香，从身后飘来。这久违的气味让我心跳加快，急转过身，一个矮胖的男人出现在视野里，那一瞬，我竟有想哭的冲动，我的生命里还没有出现过躲不掉的宿命。

大约十年前，一个叫虚拟情人的网友加我 QQ。

情人怎么虚拟啊，画个画挂在墙上还是在心里虚拟一个形象？我戏谑地问。

把一个完美的形象留存在心中，让她永远做自己的情人，不好吗？他答。

慢慢地，我们熟悉起来。我开始跟他说诸如“我在单位和同事生气了”“我发现闺密有人了”“我喜欢读昆德拉的书”之类细细碎碎的小事。他总是认真听我絮叨，然后告诉我他的看法。有时他也会讲他的成长经历和最近发生的一些事情。

他出生在一个小镇，小时候家里很穷，而父亲很早就过世了。他从小就立志要让妈妈和弟弟吃饱饭，过上好日子。十七岁工作后，发现自己的薪水完全不能满足他的愿望，便辞去工作，考了艺专。那时他曾深深爱上一个女孩，虽然最终没能在一起，但那段美好的爱情却在他心里扎了根。毕业后，他辗转来到省城，先给一家公司做设计，两年后自己开了一家装饰公司。赚够钱，把妈妈和弟弟接过来，并给弟弟娶了亲。

他很坦率地告诉我，他奉行独身主义，需要的时候找个女人一夜情，过后会当什么也没有发生。我开始不相信他说的是真的，后来有点信了。

聊了大约有半年的光景，有一天他对我说，咱们见见吧，我请你喝酒。

那是个寒气袭人的冬夜。我先到饭店，选了张桌子坐下，紧张地盯着门口。一会儿，一个大约一米八那么高，留着长长头发、戴副黑框眼镜的长发男子走了进来。他穿件黑色皮夹克，下身 A.P.C. 牛仔裤。我直觉就是他。他俊朗的面部线条和优雅的举止完全符合我的想象！

他毫不犹豫地坐到我身边，微笑。

你的香水真好闻，可惜我不懂香水。我说。

纪梵希代表开拓、冒险、浪漫的勇气，我喜欢。他说。

我们点了几样小菜，像老友，你一杯我一盏地喝了起来。他送我回家的时候已是午夜。到我家楼下，他轻轻握了握我的手，然后用微冷的唇触了一下我的脸庞。

此后，我们仍然像以前一样在网上聊天。我仍然事无巨细，和他说我的事，他也说一些他的事。他不在线的时候会给我留一个忙碌的表情，有时我会等他，有时不会。

一天，我很晚还在线上，他对我说，你得休息了。

我说睡不着。

去疯？我带你去蹦迪。他说。

在伏特加的刺激下，我随着疯狂的乐声蹦跳着。他则搂住我的腰，附在我耳边轻声细语。

我眯起眼睛，用胳膊环住他的脖子，偎进他怀里。我用手指轻点他的鼻子、他的唇。

回家的路上，清冷的月光从车窗射进来，照着两只交缠的手。

我家楼下，他微凉的唇又一次轻触我的脸颊，道晚安后离开。

有一次我问他，想过和我一夜情吗？

想过啊，但我不能，我知道你不喜欢。他说。

顿了顿，他又说，我若和你做爱，我们就完了。

情人节午夜，他在线上问我为什么没和男朋友出去。

他在国外没回来。我答。

你等我。他说。

一会儿，我的手机铃声响起，是他打来的。他说，下楼，我在你家楼下。

我兴冲冲地跑下楼，看见他捧着一束盛开的玫瑰站在寒风里。我的眼泪不争气地从腮边滑落。他用力抱了抱我，吻我的额头，说快上楼吧，很晚了，回家就睡觉，听话。

那之后他一直没有上线。我犹豫很久，打电话过去。

怎么很久不上线，是不是特忙？我问。

我的Q号丢了，以后有事手机联系。他说。

他再没有打给我，我也没有打给他。

后来我结了婚。很多夜晚，一抹好闻的檀香味总会似有似无地飘进我的鼻孔，一个不知名字的面庞会挤进我的梦里来，带给我一场醒来不会忘记的梦。

戈壁的树影

女人今天起得早，一反周末睡到自然醒的习惯。她洗罢澡，将头发吹到微湿，然后将发梢用卷发棒卷了，再把昨天新买的面膜敷到脸上，哼着自己也不知为何的曲子，做早饭去了。

窗外的喜鹊喳喳叫，女人用力嗅了嗅空气里弥漫着的茉莉花香。

家里只有她和浩浩，它跟着她在厨房里转悠。浩浩是五年前叫浩的男人送给她的。她懒得想名字，就用男人的名字给狗狗命名。而那以后近十年，她的家除了父母从未让人来过。她不喜欢有人走进她的世界。她觉得人生下来就该是孤独的，也无法不孤独。

女人吃罢饭，煮了咖啡，捧着咖啡坐在沙发上，看着墙上的画发呆。画是十几年前去敦煌时买的，那时她还没有离婚。这幅画远景是一望无际的黄灿灿的荒漠，天空则被滚滚热沙烧红了，天地交接的地方有虚化的树影。画面中央有只卧倒的骆驼，驼峰上挂着一只暗绿色水壶，没有人的踪影。

迄今父母、朋友都不知道她为什么离婚，她也不想解释。其实她离婚的理由是说不出口的。结婚两年，丈夫每天都要她，即使生理期也不放过。她不想这样，她有很多事要做，她要学习，要考律师，要读小说。可是他不理解，尤其她以此拒绝他时，他认为她不需要努力了，他养得起她。

浩浩乖巧地将小脑袋倚在她的腿上。她抱起它，贴了贴它的小脸儿，又放下，站起身开始收拾屋子，每个角落都不放过。

午后，有个男人要来做客，这是十年以来她唯一邀请的男人。男人不帅，貌似也不多金。三个月前，他带着一个山里的小伙来参加她和几个哥们儿每月例行的聚会。哥们儿介绍说，男人的才气和她有一拼，这不禁让女人多看了男人几眼。男人拉把椅子，挤走她左边的人，坐到她旁边。酒至半酣，拿出手机，让女人看屏幕上的一首长诗。他说，这诗是他带来的小伙写的，还说这小伙的诗有神性。

你知道写作中的神性吗？男人问女人。

女人点点头。男人笑了，我看准这小伙了，所以从大山里把他带出来。

那一刻，女人在男人的目光里也看到了神性。

女人一直想当律师，她梦想要为那些有冤屈但没钱的人打赢官司。离婚后，她过了律考，进了一家律师事务所。浩曾是她案子的被告，他着实吸引过她，不单因为财富，还因为他对原告真挚的道歉和诚恳的赔偿，让她看到他很男人的一面。那时候她甚至想，或许嫁给他也不错。

浩浩仰躺在飘窗的榻榻米上，眼睛似闭非闭，晒着太阳。暖暖的日光照着画中戈壁，那里面的天空更红了。

女人想起 KTV 之夜。那天她和所里的几个同事为另一个同事送行，她喝了不少的酒，从卫生间回来的时候，推错了门。她看见豪华商务包间的沙发上，白天还对她说只爱她一个的浩，腿上坐着另一个女人。这个画面让她把整晚喝下的酒片刻就吐干净。

从此，她总会在男人的身体上看到不同女人的影子。她害怕了，再不敢恋爱。

上个月，“神性”男人带她去郊外的池塘看荷花，一只小白鸭突然出现在土路上，眼看着车轮向它碾去，男人猛打方向盘，车头撞到了路边的大树。鸭是躲过一劫，荷花却没看成。

男人如约而至。

两个人说了很多很多话，说她的过去，说他的工作，说那个充满神性的小伙，说博尔赫斯，说鲁迅，说她接过的不成功的案子。

夜深了，男人收拾饭桌上的残局。女人走进浴室，打开花洒。女人在浴室水花迸溅的镜中看到自己曼妙的影子。女人换上紫色真丝睡袍，滴两滴“毒药”于耳后，走出浴室。男人不见了。女人怔怔地站在那儿。

这时，传来微信的提示音，是男人发来的：早点休息。

在女人的泪眼里，戈壁天地交接处虚化的树影无限扩大……

相爱不是那么容易

早起登录微信，持续的嘀嘀声吓婉仪一跳。出了什么事？一看，不同的人发来相同的信息：七夕快乐！

婉仪皱了皱眉。每年今天，这样的祝福总会接到很多，可是从未给她带来感动。祝福的话不是来自等待的人，总是没有温度。发信息的人怎么想，是表达对她的喜欢还是仅仅是问候，她不知道，也不想知道。

洗漱完毕，婉仪从一只紫色缎面小首饰盒里，拿出一条寿山石心形坠子项链，心形由两片相连树叶组成，在手中摆弄了好一会儿，戴到脖子上。

不知从何时起，无论西洋的情人节，还是东方的七夕，还有什么白色情人节，总能在大街上看到捧着鲜花的男女。男人的脚步匆匆，而女人的脚步悠闲而炫耀。婉仪偶尔会羡慕那些女人，暗暗祝福她们能永远沉浸在拥有鲜花的日子里。

快下班的时候，老孙打来电话："弟，哥晚上请你喝酒。哥知道这样的日子不会有人约你，还得咱哥们儿关怀你。"婉仪对老孙称她为弟毫不介意，倒觉得这个称呼透着一股子亲近。

魔笛酒吧里的灯光闪闪烁烁，人影幢幢，显得诡异。婉仪感觉自己浸在红酒和小麦酒花气味里，眼神不由游离。

舞台上的男歌手一头飘逸的卷发，他抱着吉他的样子，很像一个人。

邻座穿着牛仔超短裙的女孩一直在落泪，和她同来的年龄像她父亲的男人不耐烦地自顾自喝着酒。肥皂剧的情节不知怎么就浮现婉仪脑海，她下意识向女孩腹部看去。

老孙的手搭在他带来的女孩肩上，他们旁边另两个哥们儿在对饮，说着无关痛痒的亲热话。

婉仪去洗手间的时候，一个很有些帅气的男人拦住她，盯着她身上的绛紫色真丝旗袍说："你是这酒吧里最有味道的女人。"

婉仪微微一笑躲了开去，这样的话这几年让她耳朵起了茧。

男人目送她回到座位，看同桌还有三个男人，不情愿地走开了。老孙推开紧靠着他的女孩，坐到婉仪身边："刚才那个男人不错，你该试试。"婉仪从他的声音里捕捉到一丝怜惜。"婉仪，有时我真怀疑你性冷淡。你也老大不小了，这么多年，就没见你找个男人。"

婉仪淡淡一笑，拍拍老孙的肩膀，睫毛忽闪忽闪，戏谑地说："公鸡永远不懂凤凰。"

邻座的男人不知什么时候离开了，女孩停止了哭泣，喊来服务生要了一打啤酒，大有大醉一场的意思。和婉仪搭讪的男人走过去，和女孩说了几句，竟坐了下来。

"没那么简单/就能找到/聊得来的伴……/谁谋杀了我的浪漫……/不爱孤单/一久也习惯……/过了爱做梦的年纪/轰轰烈烈不如平静……"歌声断断续续地从远方飘来，酒吧里众人或闹或笑，或悲或喜，一切在婉仪眼里模糊起来。

她独自走了出去，此时月色无踪，星光闪烁。

十年前早春的夜晚，在江南，她和那个人也曾这般看过星星。

牛郎和织女此刻该见到了吧？婉仪想。贴在心口的寿山石已被体温融化，就像不存在一样。

三年蔷薇

养了三年的蔷薇，终于开花了。直径不到三厘米的白色小花。哪里是诗中的“密叶翠帷重，秾花红锦张”啊。

晓薇联想到这三年的生活，取来剪刀，将花儿剪得七零八落。

晓薇大学毕业后第一天到单位，在人事处正巧遇到处长晓临。她感到心跳加快，大脑也像缺了血，脸色酡红。晓临问了什么，她都没听清。

晓临真帅！大眼深眼窝，脸部线条冷峻，黑发浓密，一米七八左右，正是晓薇心中的白马王子。

碰巧人事处缺人，晓临就把晓薇留下，做些整理人事报表之类的工作。晓临经常加班，晓薇呢，没家没业的，人又懂事，就经常帮他买饭。

一天，晓临又加班，晓薇问他想吃什么，晓临说：“别买了，总麻烦你实在不好意思，你要是不着急就等我一会儿，手头这个报告写完，我请你吃西餐。”

其实两人的关系在一年中并没有越雷池一步。除了有一天晓临喝醉了酒，醉眼蒙眬、口齿不清地对晓薇说：“晓薇，谁要是能娶到你，真是天大的福气。你嫂子虽然长得漂亮，也很贤惠，就是性子太不像女人了……”

女人就是女人，怎么还不像女人？晓薇并没听懂，倒是晓临说娶到她是天大的福气这一句听明白了，内心生了憧憬：“晓临哥，那你娶我好了。”

她有意把衬衫的第二颗纽扣也解开。晓临贪恋眼前的山峦波光，看了一眼又一眼。

三年前，晓临突然提出跟她结婚。她终于抢来名分，满心欢喜。

收拾新房的时候，晓薇在淘宝上买了十棵三年生藤本大花蔷薇苗，五棵蓝，五棵紫。晓薇想象着自己怀抱着小晓薇或小晓临在院子里赏花的情景，美美地笑了好半天。

两个人几乎形影不离。

一次逛完街回来，晓临靠在厨房的门框上看晓薇煲百合汤："你嫂子从来不用我陪她逛街，也不问衣服好看不好看，更不会花上几个小时煲汤。"

晓薇一怔，瞪了他一眼。晓临这才发现说错话，尴尬地闭了嘴。晓薇不言语，转身回卧室去了。

结婚周年那天，晓薇下午请了假，准备了好多晓临爱吃的菜，还买了他酷爱的巧克力蛋糕。晓临回家后，一看晓薇都准备好了，从酒柜里拿出一瓶三十年的法国葡萄酒。

两人高高兴兴落了座，酒也打开了，蛋糕也切了，晓薇开口问："老公，你给我买什么礼物了？"

"买什么礼物？"晓临没抬头，搛了一块红烧排骨。

晓薇用筷子打了他筷子一下："就知道吃！今天是结婚周年，你给我买什么礼物了？"

晓临抱歉道："薇，对不起，我没买礼物。和她结婚十多年，也从来没买过什么礼物啊。"

"你什么意思啊？她是她，我是我！哪有结婚周年男人不给女人买礼物的！你看人家丽丽，结婚周年的时候，她老公送给她九百九十九朵玫瑰。"晓薇气得把筷子啪地拍到了桌上。

"好好好，是我不对，是我不好，明天给你补行了吧？"

"这是补的事吗？你心里根本就没我……"晓薇哭了起来。

晓临越哄她她越哭，一气之下，摔门走了。

从那以后，晓薇发现晓临不愿意陪她逛街了，也不愿意听她说“天注定你是我的男人”。

一天晚上，两个人窝在沙发里看电视，晓薇跟晓临说：“结婚这么久了，你的工资卡应该给我，这样可以有规划地理财。”

晓临一听，噌地跳了起来：“晓薇，你什么意思？家里每月的开销基本都是我掏的吧？”

“我没什么意思啊。你打听打听，哪家的男人不把工资卡给女人。你是不是偷偷给你前妻和孩子钱了？”

“你现在真是越来越不讲理了。我和她结婚十几年，她从来没管我要过工资卡。我真后悔！”。

“你后悔？！你还后悔？！我嫁你的时候还是姑娘！你离婚时净身出户，婚房的钱都是我家出的，你住的是我的房子！”

两人大吵之后，晓临开始不爱回家。晓薇有些后悔，跟晓临道歉。可晓临却提出离婚，说他们实在不适合在一起过日子，他不想耽误她，她还年轻。

一天晚上，晓薇实在忍不住，拨通了晓临的手机。

手机那端传来一个少女的声音：“你别再给我爸打电话了，我爸正和我妈谈恋爱呢！”

这句话像一盆冷水，从晓薇头顶浇下。

她盯着缠绕在小院栏杆上的蔷薇暗影，怎么都想不明白：明明都是蔷薇，怎么就这么不一样？

野蔷薇

“你种的什么？”晓临蹲下身，问兴致勃勃往土里埋干巴巴树根的晓薇。

“蔷薇。过两年，咱家这篱笆墙就会爬满紫的、蓝的蔷薇……”

“从哪儿弄的花，能活吗？”晓临站起身，回屋去取水桶。

“淘宝上买的。”

“淘宝上买的？别被骗了。看着干巴巴的，活不活先不说，活了也未必是蔷薇。”

“呸呸呸，臭嘴！肯定能活，我特意选的藤本大蔷薇苗。早两年种就好了，现在就‘百丈蔷薇枝，缭绕成洞房’了。”

那也是野蔷薇。晓临心道。

怎么和晓薇走到这一步，晓临说不清。

晓薇眼睛不大，皮肤白净，可能真是一白遮百丑吧，倒也耐看。晓薇的身材真是没的说，凹凸有致。

当然，这些都不是晓临离婚娶晓薇的原因。他有时候想，酒精真是害人，要不是那次喝多了，怎么能走到今天这步？

晓薇大学毕业来单位，他安排她做些整理人事报表之类的简单工作。晓临经常加班，晓薇呢，会来事，经常帮他买饭或者做好带来。久而久之，晓临觉得很不好意思，就回请晓薇。

那次晓临喝醉了酒，晓薇衬衫的纽扣又恰巧开了两颗。怎么和她去的宾馆完全不记得，只记得自己说过，你是最美的野蔷薇。

偏偏记住这句话是因为他说完晓薇哭了，且更温柔地缠绕他吧。

那天他半夜才回到家。妻子淑仪早就睡下了。他躺在那儿，好一会儿没睡意。自己和淑仪很久不曾亲热了。这么一想，内疚归内疚，他又有一丝释然。

晓临向淑仪提出离婚，本以为淑仪会大哭大闹，可淑仪只是愣了一会儿，然后说，离婚可以，只是要等到孩子考完大学。那时离女儿高考只有四个月了。

淑仪的话，让他也愣了一会儿，然后摔了房门，找晓薇去了。

“晓薇，我们结婚。”

“结婚？真的？”晓薇紧紧搂住晓临的脖子。

“真的，四个月后我们就结婚，你嫂子同意离婚了。”晓临说着，感到心是空的。

“你没骗我吧？她同意了，怎么可能？你俩感情不是很好吗？”

“我骗你干吗？怎样你才相信？”晓临的声音提高了。

“明天你跟我去见爸爸，去吗？”

“去。”

第二天，晓薇拉着晓临去见她的父亲，晓临又犹豫了：“还是别去了吧，你爸不会同意的。”

“你昨天答应人家了！我就知道男人的话信不得！”

“谁说的？！”晓临突然无名火起，“走，这就去，你爸不同意可别怪我。”

晓薇的父亲仔细打量晓临，笑了：“晓薇很小就没了母亲，只要她高兴，天上的月亮我都愿意给她摘下来。以后晓薇就交给你了，你要对她好。”

“老爸，晓临对我可好了。”晓薇搂着父亲的胳膊，脸在他肩头蹭着。

晓临看着这个比他大不了多少的男人，喃喃道：“我离完婚，恐怕会一无所有……”

“没关系，婚房我早给晓薇准备好了。再说一遍，只要你对她好，其他都不重要。”

女儿高考完，晓临净身出户。

结婚之初，他和晓薇形影不离。

“天注定你是我的男人。”“你是最美的野蔷薇……”这两句话两人不知重复过多少遍。

可仅仅过了一年，晓临就发现，婚姻生活真的不容易幸福。此时，淑仪种种的好，就像用倍数无限增大的放大镜看，越来越清晰。

晓薇管自己要工资卡，说方便理财，自己根本就不相信她，她无非怕自己给女儿花钱罢了。别说他没给女儿花多少钱，就是都给女儿又怎么，那是他的女儿。如果是淑仪，绝不会干涉他这些事的。

淑仪，一想到淑仪，他的心就开始疼。他真不是人，太对不起她了。

晓临脱口而出：“你现在真是越来越不讲理了。我和她结婚十几年，她从来没管我要过工资卡。我真后悔！”

“你后悔？！你还后悔？！我嫁你的时候还是姑娘，离婚你净身出户，现在住的是我的房子！”

这句话像捅破窗纸，一束光倏地泻了进来。

晓临跟晓薇提出离婚的时候，篱笆墙上的蔷薇还没有开。不想一语成谶。

飞来的蔷薇

晓临提出离婚的第二天，淑仪早上去阳台浇花，发现蔷薇打了苞，花苞顶小小的尖刺在朝阳下闪着光。这株蔷薇是意外在滴水观音的盆中发现的，不知何时种子落在了那里，生根并发出芽来。淑仪将它移到现在的盆中，精心呵护，两年有余。

淑仪看着花苞发呆，在想晓临从什么时候起变了心。

晓临和淑仪是高中同学，但同学的时候没什么交集。两个人都很骄傲，两人都容貌出众，晓临偏理科，淑仪偏文科，互相都有点不屑。

他俩开始谈恋爱是在大学毕业后的第三年，缘起却是第二年的同学聚会。

那天晓临和淑仪一桌，没挨着，中间隔个男生。聚会吗，免不了互相敬酒，淑仪自然是男生竞相敬酒的对象，她有些酒量，但不喝白酒。班长和学习委员过来敬酒的时候，非逼着她喝白酒，眼看淑仪要急眼了，晓临拦住了，直接把倒给她的酒喝了，接着又要一瓶白酒，要跟班长和学习委员喝。淑仪发现晓临真是太帅了，太顺眼了。

两人从那时开始走动，没多久就暗生情愫，聚会那天情愫就已萌生也未可知。但两人谁也不主动提出来，后来还是晓临的母亲把这层窗户纸捅破了。

大年初三，晓临带淑仪回家。晓临的母亲看儿子带回来一个女孩子，很高兴。她一眼就喜欢上淑仪，非留她吃饭，差点直接谈婚论嫁。

两个人恋爱四年才结婚，感情深厚得没的说。淑仪怎么想怎么窝心，晓临怎么就变心了呢？

自从女儿上高中，淑仪确实很少关心晓临。别说晓临，就是工作，她也是丢三落四的，满脑子都是给女儿买什么学习资料，做什么吃的，找哪个有名望而经济上又能承受得起的老师补习。这三年对于女儿实在太重要了。晓临工作忙，指望不上。虽然她也知道晓临总说的“儿孙自有儿孙福”这句老话有道理，他们小时候也没补过什么课，家长也没整天跟着，不是学习也挺好，可是现在到底不一样啊，别人家的孩子都在补课，你不补落下不说，对孩子的心理也会有影响。

淑仪依稀记得很久前一天，晓临后半夜才回家，身上隐约有好闻的香水味。当时淑仪迷迷糊糊闪过一个念头，莫非晓临出轨了？

现在想起来，可能那时晓临确实出轨了。

两个人因为晚饭争吵是什么时候？半年前？

那天晓临大约对饭桌上留的茄子炖土豆和一碟黄瓜小菜不满意了，把筷子啪的一声拍到饭桌上，冲正在给女儿洗衣服的淑仪喊：“怎么又是这个？你就不能像个女人似的，学着煲点营养汤，搞点花样……”

淑仪瞪了他一眼：“喊什么喊，孩子学习呢！嫌不好吃自己出去吃。”

“一天就知道管孩子，你眼里还有没有我？”

“你今天怎么了，单位不顺心啊？”淑仪擦了擦手，往饭厅走。这时女儿从她的房间出来：“你俩吵架了？”

“没，我和你爸闲聊呢。”

一看女儿出来了，两人都闭上了嘴。

晚上躺在床上，晓临背对着淑仪，淑仪从后面搂住他，晓临一动不动，淑仪看他半天没动静，翻个身睡去了。

还有一次，晓临回来的时候，淑仪正在给女儿装饭盒。

“你回来了，正好，饭还热，你吃一口吧。今天你女儿要吃红烧鱼，我给她送学校去。”说完，穿上一件宽大的休闲袍子就往外走。

“淑仪，孩子那么大了，你就让她自己叫外卖嘛。你看看你这两年，都成什么样子了。”

“明年就高考了，这时候孩子就是上帝。”淑仪笑了，继续穿鞋，“怎么，嫌我难看了？我都嫁你这么多年了，还好看不好看的……”

晓临那天说什么来着？他说：“你再这样，说不准哪天我就不要你了……”

“不要我？你不要我谁能跟你啊……要钱没钱、要权没权的。现在女人都认钱，谁像我们结婚那会儿，连财礼我都没要……”淑仪话还没落地，人已经在门外了。

淑仪想来想去，觉得自己大意了，离婚这件事，自己也有责任。

那些天，淑仪偷偷哭过很多次，一看见晓临，心里就憋得难受，要不是怕耽误孩子学习，她早就离开这个家了。淑仪知道，在这节骨眼上闹开了，孩子的学习肯定会受影响。算了，既然他决定离婚，随他去吧。

离婚后，不少热心人给淑仪介绍对象，淑仪也动过心，还和其中的一个人处过一段，但她感觉这段恋情太鸡肋了，不咸不淡的，于是就作罢了。

半年前她生日那天，女儿大清早就跟她说要请她吃饭。她偷偷落了几滴泪。姑娘大了，懂事了，没白疼她。谁知晚上到了餐厅，晓临和一个三层大蛋糕在那儿等着。

再后来，女儿就像晓临安插在身边的间谍，淑仪需要人的时候，晓临就会出现在眼前。昨晚，晓临赖在家里不走，在沙发上睡了一夜。

第二天清晨，淑仪看见阳台上蔷薇开了粉色的花，花瓣缀满晨露。

表姐寻夫记

表姐今年五十岁，可谁见她都说不像五十，说她不到四十也有人相信。她的身材保持得很好，没有这个年纪妇女常有的臃肿。她的眼角几乎没什么皱纹，虽然前些年赶时髦文了眼线、唇线，看起来有点不自然，但对形象没造成多恶劣的影响。

表姐在二十八岁那年与第一任丈夫离婚，三十八岁那年与第二任丈夫离婚，生的孩子都给了两个男方，如今孑然一身，在闹市开一家不大不小的时装屋，雇两个漂亮的女孩子为她打点生意。不知道和她的美貌、时尚有没有关系，时装屋生意做得风生水起。她在上货的时候锱铢必较，但对她的顾客颇有情义，往往薄利就走，和常客偶尔还会喝喝茶、聊聊天。

表姐不常在店里，近几个月更是热衷于做瑜伽、做头发和做美容。母亲偷偷告诉我，表姐更年期了，让我劝劝她，得赶紧找个伴儿。

二姨和姨父去世早，表姐视小姨也就是我母亲如亲娘，时常住我母亲那里。上周末我从上海回来，回娘家的时候破天荒没看见表姐。

“妈，表姐咋没来？她知道我今天回啊，不想要我给她带的绸子了？”

“小曼啊，你可回来了。你姐走火入魔了，你得赶紧劝劝她，她就信你。”母亲像看到救星似的。

“妈，你别急，慢慢说。”

母亲说了半天，我终于弄清楚事情的来龙去脉。心想表姐这次还真是鬼迷心窍了。

我皱着眉头沉思不语，母亲催促：“小曼，你说咋办啊？”

我灵机一动：“妈，你别急，我想到办法了。”

“姐，恭喜你终于要脱单了。我妈告诉我了，说未来的姐夫一表人才，还能上知阴阳，下解病痛。”

“小曼，小姨真说他行？你可别骗我。上次小姨说他是骗子，骂我没眼光，让人骗钱骗色都不知道，吓得我这些天都没敢去见小姨。”

“我替你说好话了呗，你是不是得谢谢我？”

“小曼，你喜欢啥随便挑。”

“姐，有件事我想求咱未来的姐夫帮帮忙。你妹夫老家有个亲戚，家里女孩病两年了，医院跑了无数家也没查出到底什么病。明天周日，你把未来姐夫带上，跟我去趟乡下。救人一命胜造七级浮屠，这忙未来姐夫不会不帮吧？”

第二天大清早，我接上表姐和那个他直奔乡下。从后视镜里打量男人几眼，怪不得表姐动心，长得和表姐最喜欢的靳东像极了。表姐一脸娇憨，看他时眼睛亮亮的，偶尔还将头靠在他肩上。我不禁暗自叹息，深感“女人一旦恋爱智商为零”此言不虚。

到了乡下，我们跟随主人走进院子。院子里的苹果树上，挂满套着牛皮纸袋的苹果。厅堂正中一尊一米高张三丰雕像，像前的香炉里燃着地道的檀香。走进女孩房间，见女孩脸朝墙躺着，瘦小的身子上盖着一床与初秋气温很不相称的棉被。

表姐那个他坐到床前，取出号脉手枕，将三根手指搭在女孩的腕上，微闭双眼。片刻，睁开眼睛，一脸笃定地对孩子的父亲说：“令爱外感风邪，风伤胃，胃阳不振，腠理不实，营阴失守，故而羸弱不堪。好在我祖传根治此症的方子，两个疗程，令爱就能痊愈。”

表姐在旁看男人诊病入了神，一脸膜拜。我和女孩的父亲对视一眼，微微一笑。

“孩儿她妈，快上壶茶，摘几个苹果给客人吃。”

女主人端着一盘套着纸袋的苹果走了进来。表姐将纸袋打开，苹果表面是八卦图案。表姐噌地跳了起来，指着苹果对我说：“小曼，这……这……这和他给我后背拔罐拔出的图案一样。”

女孩这时下了床，走到表姐身边，笑着说：“阿姨，我爸信道，在苹果刚挂果时，我妈就给它们套上有八卦图案的牛皮袋，等苹果熟了就这样了。”

表姐见女孩活蹦乱跳地站在那儿说话，紧紧拽着我的手：“小曼，你快告诉我，这咋回事，这孩子没病？”

“姐，你现在还不明白？”

神医此刻已溜向门口，表姐冲过去，一巴掌扇向那张像极偶像的脸……

后来

世纪初，薇刚从一场失败的婚姻中走出来。也许是为了打发寂寞，也许是希望遇到可心的男人，她常去新浪聊天室里找人闲聊。

一个无风的夏夜，月亮被热气熏得昏昏沉沉。薇和凯在聊天室相遇。两人聊到半夜，俨然故交。凯打字很快，他告诉薇，两年前，他曾经为给一个女人买一张CD，跑遍整个城市，可那个女人还是离开了他。他还说，不知为什么，觉得你能让我从痛苦的记忆中走出来。

不久他们见了面。凯高高的、瘦瘦的，长着一双梁朝伟般忧郁的眼睛。他载着薇绕着城市转，说爱一座城是因为一个人，薇，有了你，这座城会更美丽。

他带她去吃饭，然后去KTV。凯唱《后来》的时候，眼里含着泪光。薇到家以后，接到凯发来的短信：记得想我。

不久，凯带着薇去参加网友聚会，送薇回家的时候，在她的手腕上咬出一圈齿痕。他说，这会让薇更加念他、想他。第二天，聊天室里开始流传他俩的绯闻。

又一个黄昏，两个人吃过晚饭，沿着河边的小路手拉手闲逛。

凯蹲下身，对薇说："薇，让我背背你，我喜欢你靠在我后背上的感觉。"

薇趴到凯的后背上，搂紧他的脖颈。

凯背着薇走了几步，说："薇，我有些累了，我们找个房间休息下，洗个澡好吗？"

"那样不好吧。"

"我不会伤害你的，我们就静静躺一会儿。"

那天，什么也没发生。

男人和女人的故事，在凯和薇身上重演。当薇成为凯的女人的时候，薇甚至以为，凯是她永远的爱人。

当薇听到凯与几个女人有染的传闻，他们已经一起走过整个秋季。薇无法面对那个名字，退出了聊天室。

后来，通过别人介绍，薇认识了一个叫军的男人。他中等身材，长着不大不小的眼睛，不高不矮的鼻梁，留不长不短的平头。薇说不出他哪里好，也说不出哪里不好。那天晚上，刘若英低回的歌声一直在薇的房间里飘来荡去。

她和军一周约会一两次，有时在外面，有时在家里。在外面的时候，总是和军最要好的几个哥们儿一起，他们有时带家属，有时不带。在家里的时候，军会下厨做薇爱吃的菜，一句话总挂在嘴边：看你的小说就好，饭好叫你。

在薇拒绝了军的亲近后，军再没要求过和薇做情侣间的事，也从来没有说过“我爱你”之类的话。薇有时希望他说，有时又害怕他说。

不知不觉到了夏天。

一天傍晚，薇和军还有他的朋友们，来到薇和凯曾去过的一家饭店吃饭。席间去卫生间的时候，薇竟与凯走个对面。薇听见自己的心跳，想装看不见走过去。凯的眼神闪过一丝惊喜，猛然攥住薇的手腕。

“你去了哪里，为什么突然离开我？”凯说。

薇瞪圆了眼睛。

“你为什么突然就不上线了？有人说你有男朋友了，是真的吗？”

薇想甩开凯的手，可是凯攥得好紧。

“放开，我们的事早已经过去了。”

“薇，不能这样，你把话说清楚，到底为什么突然离开我？”

薇看着凯涨红的脸。他的眼神仍是那样让她着迷。

“我不想做你众多女人中的一个”这句在心里不知转了多少遍的话，说出口竟成了：“我没上线，你也没有再找过我，不是吗？”

凯怔了怔，松开手：“听说你有了别人，是吗？”

薇的眼睛蒙上一层水汽：“你呢？”

凯又抓起薇的手：“我们走，我带你走……”

薇被凯拖着往门外走，没走几步，军在走廊的另一端出现，看见凯拉着薇的手，不知所措地停住脚步。

两人就这样从军的身边走了过去，走到走廊尽头，薇回头看，军还愣在那里。

薇用力甩开了凯的手……

无言的结局

珊珊和阿成是在网友聚会中认识的，那时是春天。

席间二十多个男男女女，珊珊没记住几个。珊珊总说自己是外貌协会的，能记住的只有帅气的男人。那天所有的男人中，阿成不是最帅的，但不知怎么，珊珊偏偏记住了他。阿成笑容里有阳光的味道，柔柔的，暖暖的。

聚会结束后，各人过各自的日子，偶尔在网上打个招呼，或者开两句无伤大雅的玩笑，都没有深入交往的念头。

到了秋天，飘落和未飘落的银杏叶，让城市有了金秋的况味。

快下班的时候，阿成的 QQ 头像闪了起来："珊珊，看你签名说想去拍银杏叶，一起去？"

珊珊立刻回了一个 OK 的表情。

阿成骑着电动车载着珊珊来到市郊的一所大学，据说这座校园里的银杏树是整座城市最美的。银杏树下，到处是学生、年轻的情侣、带着孩子的父母，有的嬉笑玩闹，有的举着手机拍照。两人在人群中穿行，一片叶子恰巧落在阿成的肩头，珊珊拿在手里，笑着说："不虚此行。"

阿成也笑了："满地落叶，偏是落在我肩头的你才喜欢。"珊珊心一动，张张嘴，又闭上。

从校园里出来，阿成带着珊珊来到一家西餐馆。

在聊天中珊珊得知，阿成比自己小一岁，离婚两年了，现在有个女朋友，相处得还不错，但他没有结婚的打算。

阿成问珊珊的情况，珊珊想起自己平凡普通的家和在外地工作的丈夫，笑了笑，岔开了话题。

走出西餐馆的时候已近午夜，晚秋的夜晚寒气袭人。珊珊坐在疾驰的电动车后座，禁不住有些颤抖。阿成的两只手来回捯着，一只扶着车把，一只护着珊珊的膝盖。到珊珊家楼下，阿成嘱咐她上楼后给他发个短信，好确认安全。

这之后，两个人又一起参加过几次网友聚会，每次阿成都送珊珊回家。

一天，网友岸上的鱼加她，珊珊没多想就通过了申请。聊了几句才知道，她是阿成的女朋友。她讲了很多和阿成的事。

对方说："因为你，阿成已经两次和我提分手了，我想见见你，可以吗？"

珊珊不知道对方从哪儿知道的她，也没多解释，拒绝了。

再见阿成的时候，珊珊打趣："这么大的人了，也不懂疼女孩子，还真让人操心。"

阿成愣了下："她找你了？她偷偷加了我的几个好朋友。对不起，打扰你了。"

珊珊皱了皱眉，感觉接下来不知该怎么说了。

两人沉默了好一会儿。

阿成先开了口，像自言自语："她总是让我叫她起床……洗衣服的时候从来不把外衣和内衣分开……最让我受不了的是时常向朋友打听我的事情。"

珊珊静静听着。

阿成苦笑："不知道为什么，今天跟你说这些。"

阿成和岸上的鱼还是分了手。

那段时间，珊珊备考建筑师。阿成跑好几家书店给珊珊买来她没买到的考试用书。傍晚的时候，会陪她玩一会儿游戏，权当放松。

考完试那天，珊珊请阿成吃饭。饭后，在阿成的邀请下，珊珊跟阿成回了家。

阿成的家不大，一室一厅，室内一尘不染。

两人又喝了大半瓶红酒，都有些醉意。阿成抱起珊珊走进卧室。他的双手在珊珊的身体上游移着，珊珊浑身发软，不禁呻吟起来。突然，珊珊瞥见卧室门后挂着一件肉色真丝睡袍。她噌地坐了起来。

阿成顺着珊珊的目光看见那件睡衣，急忙解释：“珊珊，你千万别误会，前几天一个朋友被她丈夫打得很惨，无处可去，我收留她两天……我和她没什么的。”

珊珊没言语，整理好衣衫，离开了阿成的家。

不久，阿成听别人说，珊珊和丈夫协议离了婚。那时，珊珊已将阿成的 QQ 和手机号码都拉进黑名单。

烟花泪

夜晚的海风吹得人心旌摇荡。康拥着梅的肩，在她耳边轻声说：“梅姐，你闭上眼睛，我让你睁开再睁开。”

梅迟疑地闭上眼睛，想难不成刚见面他就要向我求婚？还是想趁机轻薄我？

梅睁开眼睛时，眼前是流星一样五颜六色的光束，在夜空中傲然绽放。那是康放的烟花。

“梅姐，你是我见过的最有味道的女人，我要和你在一起。”康深情地呢喃。

梅今年三十五岁，容貌中等，打扮入时。她在沈阳经营一家保健品公司，规模不大，但利润可观，维持生计绰绰有余。她很舍得为自己投资，买高档化妆品、品牌服饰从不手软。

梅经常对闺密说，女人是为爱情才来到人世的，而我离婚是为了遭遇生命里最美的爱情。

两个月前，因为生意，梅和康加了 QQ。聊过天，两人都觉相见恨晚。康二十三岁，在常州郊县经营一家制作保健品原料的小厂。不到一个月，两人就海誓山盟，一个非你不娶，一个非你不嫁。

相识整三个月这天，梅和康来到旅顺这片海滩上。

梅仰着头，眼睛不舍得眨一下。比繁星璀璨耀眼的漫天烟花，正缓缓飘散。

“明知一去不复返，化作青烟为了谁”——不知怎么，梅想起这句歌词，竟流了泪。在海边，一个男人为她点燃烟花的梦想，今天终于实现了。康一定就是自己等待半生的男人。

回到沈阳后，梅不顾父母和好友的劝阻，毅然结束了生意，来到常州。看到康在工厂附近租的简陋的住房，梅并没有沮丧，而是暗下决心，要帮康打点好生意。她相信通过两人的努力，日子会好起来。

用了半个月时间，梅将他们的小窝收拾得焕然一新。

夜晚，康拥着疲惫的梅："梅，我一定好好疼你，让你成为世界上最幸福的女人。"梅的心软成一团。

康的手机不合时宜地响了起来。康看了一眼号码，匆忙挂断，关了机。

"谁的电话？"

"同学，肯定喝醉了，不用理他。"

梅在常州三个月了，她让康带她去见父母。康说父母现在还不能接受一个比儿子大十二岁的儿媳妇。康还说不管父母同意不同意，他都会娶梅，让梅给他点时间。

梅用自己的钱给康的小厂添了两台设备。

"虽然我们早晚是一家人，可我是生意人，生意人讲究亲兄弟明算账，这两台设备算我入股。"梅说。

"你什么意思？根本就不爱我是吧？你在我这儿吃，在我这儿住，我也没说要你钱啊，买设备还算入股，我的钱不就是你的钱吗？"康的脸变了色。

两个人吵了起来，康摔门而去，那一夜没有回家。

第二天，康带了一束玫瑰来厂里，对梅说："亲爱的，对不起，昨天发火是我的不对，原谅我。入股的事我听你的，以后我什么事都听你的。"

不久，梅因事要去北京，临行买了好几天的吃食，并将康平时穿的衣服熨烫妥帖，嘱咐康一定要按时吃饭。康说一天也不想让梅离开，没有梅的日子，连天空都是灰色的。

本来得用一周的时间，梅五天就把能为工厂净赚二十万利润的几笔订单落实了。她来到王府井，为康选了一块浪琴手表，想着康见到手表时开心的样子，笑了。

跟着她就去了火车站，恨不得马上回到家，给康做点好吃的。

梅拿钥匙打开家门，听到卧室里传出令人耳红心跳的声音。她惊呆了，行李从手中松脱，疯子一样冲进卧室。在她买的那张大床上，一个比她年龄还大的女人在康的身下。梅反身跑了出去。

在大街上游荡了好久，梅越想越咽不下这口气。她买了一柄大锤，冲进康的工厂，将设备砸个稀烂。

她坐在地上号啕大哭，怎么也想不明白，海边绚烂的烟花，怎就变成眼前这一堆废铁。

这时，一辆警车向工厂驶来……

萍聚

1

空气中似又飘来淡淡的缪斯香氛，武抓过枕边的泰迪熊，抱在怀里，将头埋进它温暖的身体里。黑暗中一个眼神飘然而至，勾起他的回忆。

前年，在公司举办的商务酒会上，武感到紧紧追随他的目光，回过头去，看见眼神冰冷而嘴角微微上翘的女人。她身穿低胸晚礼服，脚蹬银边黑色细尖高跟鞋，长发及腰。

武并不认识这个女人。去卫生间的时候，她竟跟了过来。轻声对他说，我们找个地方坐坐好吗？她的眼睛里似有火焰，言语热切、自信。

武无力拒绝。

第二天，武仍沉浸在昨夜的情景中。他觉得逝去的青春和未曾品尝过的美妙都在这一夜将他紧紧包裹。突然，他意识到竟没有她的手机号码。只知道她叫雯。

武甩甩头，笑了。

两个月后，武竟然又遇见她。从此，两个人开始交往。两年的时间里，他记不清约会过多少次。

那天晚上，武对雯说，我要去美国了，可能不会再回来。雯只默默地点点头，没说一句话。雯睡着的时候，手臂还紧紧搂着他的腰。

启程前，武想同雯道别，手机里却说您拨打的号码已停机。

到美国后，武总想起雯，这才发现他竟不知道她的全名，不知道她多大、什么职业，更不知道她的家庭情况。雯也从未主动给他打过电话。两个人在一起的时候，既没有憧憬过未来，也没有谈起过过去。

近两年的光阴，他从未想过自己有没有爱上她，以及她有没有爱上自己。他无数次问自己，如今这般思念，为何当初毫不自知。

2

星光透过薄薄的淡紫色窗纱，洒在毫无生气的房间里。雯紧紧抱着泰迪熊窝在沙发上。烟灰缸里，一支烟燃着，缭绕的烟雾像一张网包裹她。烟草味道让她感到一丝温暖，因为这味道是武独有的。

狠心的男人，到底抛下她去了异国他乡。

看见武的第一眼，雯就像着了魔，从不相信爱情的她，突然就相信了爱情的存在。武身材挺拔，无一丝中年男人的赘肉。深凹的眼睛，深邃的眼神，骨感的细长手指，与人交谈时专注、温和，都让她心动不已。

找个地方坐坐好吗？就我们两个。雯听见自己对他说。

有了第一次，雯就无法自拔，于是刻意与他第二次相遇。

武偶尔问一些她的情况，她都巧妙回避了。她不敢给武打电话，她深深知道，像武这样的成功人士，最怕女人的纠缠。想要长久相处下去，就不能让他感到牵绊。

多少个夜晚，她抑制住拨打那个深刻在大脑里的号码的冲动。

她不止一次地想过和武一起生活。武说要去美国的时候，她彻底崩溃了。她多么想说，带我走吧。可是她知道，武和她本不是一个世界里的人。真要在一起生活，武是绝不会喜欢她的。像她这样的女人，除了一副好容貌，还有什么？她是没有资格去爱像武这样学识渊博、事业有成的男人的。与其有一天被抛弃，不如就此别过，彼此留一份美好，相忘于江湖。

雯在武走后，每次唱起《萍聚》那首歌，都会泪流满面。

去年她生日那天，武带她去吃饭，顺便在商场买了两只泰迪熊。武说穿紫色裙子的是她，他得抱走，晚上陪他睡。然后把另一只穿蓝色裙子的送给雯，说是他，晚上陪她睡。

雯搂着泰迪熊昏昏欲睡，手机铃声突然刺耳地响了起来。她看了眼号码，厌烦地皱起眉头。

铃声继续响着，她无奈按下接听键，苍老沙哑的男声传了过来：“宝贝儿……”

杀猪刀

杨军走进包房的时候，邀请的五个人已经到齐了。除了韵凝，其余四个人都是他细细琢磨、精挑细选的：三个男生和韵凝一直有来往，一个女生是同学里的活跃人物，上学时候和那三个男生的关系都不错，据说还和其中一个有过一段美好的初恋。

“对不起，对不起，临时有个会，来晚了。”杨军寒暄着，眼神匆匆从韵凝脸上掠过。时光真像一把杀猪刀。他恨恨地想。再看其他几个人，心里像翻倒了五味瓶。又看了眼墙壁上镶嵌的暗色花纹玻璃映出的自己的面影，叹了口气。

“杨局，你这大忙人咋有空召集哥儿几个喝酒？”

“上次没喝好呗，这还用问。”女生斜睨杨军一眼，嗲声嗲气地说道。

杨军看见韵凝微微蹙下眉头，不由心里一动。

“哈哈，那是那是，跟老同学在一起永远也喝不够。今天哥儿几个敞开吃，敞开喝，不醉不归。”杨军指着满桌子的菜说道。

“我看杨大局长今天是醉翁之意不在酒吧。”一个男生瞄一眼韵凝，戏谑地说道。

“你还别说，还真是，”杨军半真半假地说，“你们哥儿几个和韵凝沾光，我呀，就想见见我们班的大才女现在什么样了，三十年没见了。”

女生很不自在地看了韵凝一眼：“人家韵凝多牛啊，同学聚会从来不来，我也很多年没见她了，也就是你杨局长面子大。”话里酸味四溢。

“杨军张罗我还是要来的，当年我们班可就他一人考上了本科，我也想看看这个自称骑士的家伙现在什么样了。”韵凝说。

杨军听罢，端着酒杯的手有些不稳了，暗想上学时从来没见她注意我，没想到她还记得我的绰号。

酒至半酣，大家话多了起来，从同学时的趣事到现在谁家孩子上哪所学校，你一言我一语，好不热闹。女生似乎有了醉意，将头歪向杨军，软软地靠住他的肩膀。杨军推了一下，看她竟似未觉，只好任由她靠着。

韵凝瞟了两人一眼，不易察觉地笑了笑，向杨军举起杯："杨军，敬你一杯，谢谢你今天的盛情。"说完，一口把杯里的酒喝干。等杨军把酒喝完，她又给他满了一杯，也给自己满上，接着又举杯一饮而尽，继续说道："在你进门时的眼神里，我看到了两个字。"

杨军愕然，猜韵凝要说的那两个字是什么。

"怎么杨局，这杯酒很难喝吗？"韵凝看着杨军停在半空的酒杯，将手中的空杯晃了晃，说道。

"韵凝，你还像小时候那样咄咄逼人。"杨军仰头把杯中酒干了，"你快说，哪两个字？"

韵凝的眼睛有些湿润，又给自己倒了一杯酒。看见几个同学都在凝神看着她，就连靠着杨军的女生都坐直了身子，她语调缓慢而又清晰地说："失望！"

韵凝眼角的皱纹、头顶几根被岁月染白的发丝，在杨军眼中逐渐放大。他眨了眨眼，韵凝脸上洋溢的更加丰盈的自信也在放大。

杨军问自己，我失望了？我真的失望了吗？

半夜，杨军挣扎着睁开眼睛。窗帘把月光挡在屋外，四周漆黑一片。梦中的情景格外清晰：满头白发的杨军站在学校门口，看着正值豆蔻年华的韵凝背着书包疾步走过。他远远跟在后面，直到她的背影在小巷深处消失……

三叩窗

正值盛夏，中午的日头像要把人体的水分全部蒸干。

一辆红色的宾利，停在师范学院斜对面马路旁的林荫处，惹来众多路人的目光。懂行的知道，黑色车标在宾利车中虽非上品，但起价也是六百万。这样的豪车在这个城市并不多见。

宾利车里空调温度适中，云飞坐在驾驶位上，含着插在可乐杯里的吸管，看路人都盯着这辆车，嘴角牵出一丝苦笑。他把目光转向校园大门，想象着一会儿带小薇出去兜风，她会不会让自己动手动脚。

这时，有人叩副驾驶的车窗。

云飞按下车窗键，车窗匀速落下，一张漂亮的脸蛋儿出现在云飞面前。

云飞并不认识这个姑娘，狐疑地问："有事吗？"

姑娘见云飞眼睛瞪得溜圆看她，脸噌地红了，呆愣愣地摇了摇头，一句话没说，转身走开。

云飞从后视镜里看姑娘袅袅婷婷的背影，不觉吹了声口哨，暗想这丫头盘儿靓，可比小薇好多了，后悔没跟她搭讪几句。又一想，不对啊，这姑娘敲他车窗干吗？早就听说现在有不少女学生下了课，直奔等在校园门口的有钱男人的车。我今天开的可是宾利，难道这姑娘……

云飞正胡思乱想，车窗再次被叩响。他摇下车窗，又是刚才那个姑娘。

云飞咧开嘴笑了，索性打开车门："美女，要上来吗？"说着，眼神像刀片，在姑娘身上上上下下解剖着。

姑娘脸又红了，急速瞟了一眼车内，见车后座放着大大小小的公仔娃娃，角角落落到处散放着恒温碗、小药箱、印着动漫图案的毛巾等儿童用品。副驾驶的位置上还躺着印有肯德基标识的食品袋。

她没说话，也没上车，把手伸向自己的双肩背包。

云飞则见她穿着白色纯棉T恤，牛仔裤膝盖处的破洞露出白瓷般的肌肤。云飞心里竟不自禁替姑娘惋惜起来。

他到底按捺不住好奇："美女，一次多钱？"

姑娘刚从背包里掏出钱包，一听这话，愣了，小脸瞬间涨得通红，大声吼："你有病吧！"说完摔上车门，气哼哼转身离开。

云飞见姑娘生气走了，摇了摇头。看来是自己想错了。转过身，又开始盯校园大门。突然他感觉哪里不对劲。哪里不对劲呢？他一时想不起来。

这时，小薇已经过了马路，快速向宾利走来。她后面有两个女生，冲着她的背影喊着什么。

他正想下车迎小薇，车窗再次被叩响，那个姑娘又回来了。

云飞打开车门，下了车。姑娘站在那儿，手里拿着深棕色仿版古驰钱夹。

云飞知道哪里不对劲了。姑娘手里的钱夹和他的钱夹一模一样。他下意识地摸了摸后裤兜，哪里还有钱包的影子。云飞正要开口，小薇来到两人面前。

小薇指着姑娘，厉声问云飞："她是谁？"

没等云飞开口，姑娘怪怪地笑了，冲小薇摇了摇手里的钱包："看看这个。"

小薇看了下钱夹，脱口道："古驰。"

姑娘皱了皱眉："你不知道是他的？"

"他的？！"小薇惊讶地喊起来，用力抓住云飞的胳膊摇晃，"云飞，到底怎么回事？这个钱夹是你的，怎么在她那儿？她是谁，你和她什么关系？”

云飞知道，姑娘是在报复他刚才的孟浪。他甩开小薇的手，冲姑娘鞠了一躬：“对不起啊美女，刚才是我错了。你在哪儿捡的，怎么知道是我的啊？”

姑娘斜了小薇一眼，顿了顿，指了指不远处的肯德基，正色道：“在肯德基门口，好像是你在开车门的时候掉下来的，我认识这辆车。”

“你认识这辆车？”云飞惊讶地问，心里突然觉得不安。

姑娘看云飞神色不定，把手里的钱夹递了过去，道：“我教这车的小主人弹钢琴，这几天他们一家出国旅游了。”

云飞愈发尴尬，小薇的脸色变了又变。

姑娘转身离开的时候，对小薇说：“你男朋友不错，给你买了那么一大份肯德基。”

云飞看见姑娘嘴角有一抹意味深长的笑……

地丁花语

我从载我来的霸道车上下来。眼前是老旧的一排瓦房，围在破败的围墙里。围墙豁口一侧挂着写有“土城子村小学”字样的牌子。我小心翼翼绕过操场上放养的鸡鸭，走进黑黢黢的教室。破木板搭的长凳，七扭八歪的课桌，窗上没有玻璃，而是钉着塑料布，风一吹，呼哒呼哒地响。土地中央的土炉子散发出煤烟味，呛出了我的眼泪。

这时，包里的手机响了，是他催我了。我没接听，抹下眼泪，走出教室。

他说：“小杰，现在后悔还来得及，我们马上回去。你为什么非要到这种鬼地方来呢？我又不是养不起你。”

我紧咬嘴唇。

“好不容易考上的，无论如何，我要试试。帮我把行李拿下来吧。”

锦州师专毕业后我回到沈阳，应聘过几家私立学校，都没有结果。同学们有应聘成功的，有找到门路的，都上了班，只有我漂着。把我带大的姥姥去世了，她留给我的钱一天比一天少。迫不得已，我去了一家KTV做服务生。不久，就认识了他。我们在一起快一年，我终于清醒地认识到他是不会娶我的。

于是我参加了招聘乡镇教师的考试，没想到还真考上了，只是没有想到会分配到这样的地方来。

第二天天一亮，我找到村主任，要求马上开始上课。村主任高高兴兴地带着我和孩子们见了面。孩子们好奇地看着我，他们脏兮兮的小脸儿和乱糟糟的衣服差点让我掉泪。在村主任的催促下，他们怯生生地说：“老师好！”

这一声“老师”，叫得我心颤了几颤。我挺了挺胸：“同学们好！我叫姚杰，从今天起，我就是你们的老师了。以后由我来教你们语文、数学、英语、体育、科学、思想品德。除此之外，我还会跟你们一起做游戏，一起唱歌，一起画画。你们愿意听老师的话吗？”

“愿意！”孩子们的声音明显大了起来。

到村子没几天，一场大雪覆盖了整个山野。北土城子村坐落在大山里，距山外的国道三十多里。我站在学校门口，心想，这么大的雪，这几个孩子还能来上课吗？正想着，最淘气的小明乘着爬犁跌跌撞撞地赶到了。小明家距学校四里，所经都是山路不说，他才只有八岁啊。接着，又有两个男生到了……

来这里头半年，从村民们看我的目光里，我知道他们不待见我。尤其那些大姐、大婶们，走过她们身边的时候，总能听见她们议论我。她们当面叫我“小姚老师”，背地叫我“小妖”。从什么时候开始善意地叫我“小妖老师”的？我记不得了。

“六一”到了。早上八点，校园里用几块大木板和板凳临时搭建的舞台前，站满了村子里的老人。九点整，演出正式开始。平日怯怯的小娟唱出《我的祖国》，口吃的柱子演了小刘能，舞台下响起一阵阵掌声。几位家长偷偷抹了好几次眼泪，我笑了。

演出结束后，乡亲们自发地凑钱请孩子们吃“六一”大餐。我被大伙簇拥着，人群直奔村头来得喜饭店。乡亲们敬了我好多好多酒，都说我是“能耐”“出息”的播种者。

他来过几次，看我没有跟他回沈阳的意思，再也不来了。我后悔过，但孩子们泉水般纯净的眼神洗净了我。在这里，我被孩子们亲手烙的煎饼和烤的地瓜、土豆，还有家长们从自家园子里采摘来的新鲜桃子、樱桃淹没。年底杀年猪或有喜事，我总被强制坐首座……

他最后一次来看我时曾留下一些钱，说给孩子们买些课外书，我欣然接受了。

我则回赠他地丁花，美丽的地丁花是孩子们挖来送我的。我在一本书里看到，我最喜欢的紫花地丁，她的花语是“诚实”。

毛老汉

云阳市城乡接合部的一个村子里，有一座大约三百平方米的院落，院子正中三间瓦房。正房西侧是厨房。厨房内大灶两米见方，大灶对面是一般大的大理石操作台，擦得照得见人影。特色厨具包括铸铁大锅，一米长的竹炒勺。另有一罐一罐各式调料。

主人姓毛，六十多岁，佝偻身形，黑红发亮的面庞，在本地毫无特殊之处。可他在云阳及周边城市颇有名气，“毛氏红烧肉”，不知多少人想想就引发食欲，垂涎欲滴。

一大早，毛老汉如往常一般从附近三层小楼的家，步行至院落。刚进院，送猪肉的农户到了。毛老汉翻了翻，正是昨天下午他看好的五花三层，笑着对农户说：“明天中午来我这儿取红烧肉。”

“毛师傅，您可真是好人，我卖您猪肉，您还送我红烧肉。”

“自家的猪，精心养那么大心里总是有点舍不得，一碗红烧肉算啥。”

送走农户，毛老汉走进厨房，将猪肉切块。别小看切块，切块考验功夫，必须大小均匀，肥瘦搭配。一般人做红烧肉，都切三厘米见方的小块，毛老汉切的块略大。

差几分十二点，色香味俱全的二十一碗红烧肉出锅。毛老汉先端一碗走进挂着窗帘的西厢房，将碗放在一个牌位前，嘴里念叨着：“媳妇，你放心吃吧，这是我亲手做给你的……”然后再换上笑脸，把其余二十大碗红烧肉放到每位客人面前，嘴里重复着：“吃好来啊……”

送走客人，毛老汉走进东厢房，在一本厚厚的账簿上记下今天的收支。然后，他再进厨房，开始收拾劈柴、厨具。这时，院外来了一辆小轿车，走下来三个身穿制服的年轻人。毛老汉以为是来订红烧肉的，连忙迎了出去。还没等他开口，其中年纪稍长的一个严肃地说：“您就是毛师傅吧？我们是云阳市的工商税务防疫联合检查组，有群众举报你违规，我们今天来了解下情况。”院外不知什么时候聚集了一些人，有人脸上一副幸灾乐祸的表情。

毛老汉眉毛扬了扬，把手在围裙上来来回回蹭了几下，微笑着说：“欢迎来检查，有问题我一定整改。”

三人随毛老汉走进院子，其中一人去了厨房，另两人则和毛老汉走进东厢房。院外的人跟着走进院子，好奇地往各屋张望。东厢房这边，毛老汉拿出账簿，和那两个人讲解着什么，两人面色凝重起来，当毛老汉取出一张纸条给他们看后，两个人一脸敬重，挨个和毛老汉握手。

过了些日子，一天晚上，毛老汉破天荒地喝了不少酒。一桌同坐的是从家乡接出来的五位老人。毛老汉听着乡音，心里暖和，仿佛回到老屋。

“老毛，你真是好人啊。”喝着喝着，一位老人声音哽咽，“把我们这几个老不死的从村子里接出来，让我们能安享晚年……”

“咱们那地方太穷了，老毛你说，你当年要是这么有钱，何至于……”另一位老人颤颤巍巍地端着酒杯，眨巴着皱褶堆叠的眼睛说道。

毛老汉一听这话，眼直了：“我对不起媳妇啊，本来想她病刚见起色，买碗红烧肉让她补补，怎么就买了道边那家的呢……卖瘟猪肉的不得好死！”说着说着，眼里泛出泪光，媳妇临死的情景又在脑海里浮现出来：“说一千道一万，就怪自己啊想省那么两块钱！”

身旁的老人拍拍毛老汉的肩：“过去那么多年，别想了……咱可都知道了，你给咱镇上捐了五十万建学校。”

毛老汉用衣角擦了擦眼睛：“你们说，我一个人在这世上留钱有啥用？”他顿了顿，喝光杯里的酒：“每天看人们吃我做的红烧肉，听他们夸好吃，我觉得活着有奔头。我不坑人，肉都用不喂饲料的猪，糖都用上好的冰糖，我不能让别人遭我媳妇当年的罪……”

那天晚上，老人们都醉了，各自在梦里梦见了想见的人。

谁是凶手

渔阳市刑侦大队副队长张晨押解逃犯返回。开了七个小时的夜车，他一脸疲惫，可速度并没有减慢一点。

张晨的妻子赵慧体弱多病，为此两个人决定不要小孩。张晨怕赵慧在自己忙于工作时寂寞害怕，特意给妻子买了只小狗，起名 QQ。QQ 抱进家门那一刻起，赵慧就变成了 QQ 的妈，半夜都要起来看看 QQ 是不是尿了、饿了。一次，张晨向抱着 QQ 的赵慧委屈地说："慧慧，我后悔了，我想变成 QQ，你对它比对我还好。"

想想再有两小时就能看见娇妻和可爱的 QQ，张晨的嘴角不自禁微微上扬。

张晨一进家门，赵慧就声带哭腔喊声"老公"，眼泪唰地就流了下来："快看看 QQ，QQ 被咬了，一整天不吃不喝。"

张晨从赵慧的怀里接过 QQ，用训练有素的刑警的目光，认真地观察起 QQ 来。只见 QQ 的小鼻子上有一道深深的血痕，后背也有毛发脱落的痕迹。他抚遍 QQ 全身，QQ 并没有喊叫。

"慧慧，你先别哭，QQ 的伤不严重，吉娃娃的气性大，挨了打心里委屈，也许一会儿就吃饭了。"张晨替赵慧抹去眼泪，"到底怎么回事，QQ 是被谁家的狗狗咬成这样的啊？"

"昨天早上起来，我把 QQ 放出去，让它自己玩会儿，我回屋准备早饭。可谁知做完饭出去，看见 QQ 可怜地趴在草丛里。当时我着急上班，也没注意到 QQ 受伤了。晚上我回来，QQ 一个劲儿哀鸣，喂香肠也不吃，这才发现它伤着了。"赵慧边哭边说，"它紧紧地靠着我，大眼睛眨巴眨巴地像一直在哭，我只好抱了它一夜。老公，你快分析分析，谁家狗把

QQ 咬成这样，我非找它主人理论理论。”

张晨拉着赵慧坐下，认真讨论起案情。

赵慧说：“老公，你说会不会是刘教授家的冬冬啊？那狗看起来就凶巴巴的。”

张晨沉思了一会儿，果断地说：“不可能。慧慧你想想，别看刘教授夫妻俩平时走路都是眼看远方，从不主动跟谁打招呼，可他们遇事还真是客气得不得了。你记不记得上次他家冬冬钻进咱家园子，拉了一小泡屎，咱俩都没当回事，可人家夫妻特意来登门道歉。要是冬冬把 QQ 咬了，两口子准会告诉你，估计连医药费都当场掏给你。”

赵慧想了想，觉得老公分析得很有道理，冬冬的嫌疑排除了。

“那会不会是李大妈家的宝宝？有一次 QQ 和宝宝玩，李大妈要拿脚踢 QQ，当时我挺生气，差点跟她吵。后来一想，她也怪可怜的，自己一个人过日子，儿子在国外几年也不回来一次。别看李大妈总在人前夸儿子出息，心里的苦自己知道。上次她生病，打电话给农村的妹妹，让妹妹来帮忙照顾，妹妹来是来了，临走竟然要了一千元误工费。唉，那次病好后，李大妈明显不爱说话了，有时候很晚还带着宝宝坐在小区里，孤零零的，看着都让人心酸。”

“不会是宝宝。QQ 可是比宝宝厉害，李大妈想踢 QQ 就是怕伤了宝宝。宝宝是她唯一的伴儿，她对宝宝的爱绝不比你对 QQ 少，真是宝宝，咱也不能找。”

赵慧崇拜地看着张晨，觉得自己的老公就是中国的福尔摩斯。

张晨的目光在 QQ 身上扫来扫去，突然发现 QQ 小爪里夹着一根白色的毛发。“慧慧，你看看，它应该是被一只白色的狗狗咬伤的。”

两个人对望一眼，异口同声地说：“是迪西。”

迪西是一只白色的斗牛犬，总是趾高气扬地在小区里跑来跑去，七个不满八个不忿的样子。它的主人是一对八〇末小夫妻，也没见干什么工作，整天开着一辆宝马四处招摇。但小夫妻的公婆一看就是老实人，每周都拎着大包小包的蔬菜来给孩子打扫卫生。

“我去找他们去，必须让他们道歉！”赵慧气愤地站起身来。

这时响起了门铃声。张晨打开门，社区王大姐站在门外。赵慧招呼王大姐进屋，王大姐笑着说：“两口子都在家呀！我就不进屋了，我来是告诉一声，昨天早上我看见你家的狗和一只野猫打架，被猫挠伤了，我把那只野猫轰走了，下次遛狗可一定得看着点……”

真假蜂蜜

云修在弄堂里是有名的“妻管严”。也难怪，他其貌不扬不说，又没有什么赚钱的门道，一直在工厂里拿那点微薄的工资，勉强养家糊口。妻子小翠有几分姿色，一双丹凤眼，绰号“王熙凤”。她的脾气不知是被云修惯的，还是被父母惯的，也像王熙凤，刁蛮任性，也在弄堂里有名。街坊邻里没少听她劈头盖脸骂云修无能，甚至扬言要给他顶绿帽子戴。

可自打去年，这两口子吵架见少，小翠的穿衣打扮也明显入时起来。

这天，云修拿着一个很大的包裹急匆匆回到家，进了屋就喊：“小翠，小翠，我们又能发一笔了。”小翠从里屋出来，眼睛放光。云修打开包裹，整整二十瓶蜂蜜。云修兴奋地在小翠脸上狠狠亲一口：“老婆，你一直让我给你买蜂蜜，今天我去超市了，竟然发现这批蜂蜜的标签都贴错了！哈哈，我们又能发一笔小财了，我把货架上的蜂蜜都买回来了，粗略算算，这次咱能赚三千，够你喝一年蜂蜜了。”

“老公，你现在越发厉害了，标签贴错了都能看出来。”小翠搂着云修的脖子，恨不得把自己和云修揉成一个人。

云修拿着超市三倍赔款，来到他家附近的菜市场，在一家卖蜂蜜的小摊前停下来。摊主正唾沫横飞地介绍他家的蜂蜜是纯天然野生蜂蜜，还让顾客看瓶内的结晶颗粒：“看见没，野生蜂蜜才能有这样的沉淀性结晶，你看超市卖的，都稀稀的，那都没有多少蜂蜜成分。”云修心动，拿出两百元买了两瓶，想着今晚又能收获小翠的笑脸了。

小翠尝了一口蜂蜜，抬手就把舀蜂蜜的勺子敲向云修的脑袋，并把嘴里的蜂蜜吐了出来：“二货，你买的这是蜂蜜吗？你就是个傻子，土鳖永远不能成王八……你自己尝尝这是蜂蜜吗，一股子白矾味。”

云修尝了一口，也立马吐了出来，但他眼睛翻了翻，说道："老婆，你怕啥，买假货是好事啊，又能小赚一笔。"

第二天，云修早早就来到市场，可卖蜂蜜的不见了。他转遍整个市场，竟然无影无踪……

寻人

午后，人民路广场。披头散发的女人脚步不稳，挨个电线杆贴小广告。有好奇的路人走近去瞧，见是一则寻人启事：我儿淘淘，三岁，身穿黄色羽绒服，绿色丝绒棉裤，黑地红花皮棉靴，于二日前在新华商场走丢。发现其下落者，请速与张桂花联系，有重金酬谢……下面是一个男孩蹲在雪地上玩耍的照片。

女人不时拽住路人，指着启事上的照片询问，问有没有看到她的孩子。有的人厌恶地甩开她的手，有的人摇摇头走开，也有人停住脚步听她哭诉孩子走丢的经过。“前天我带着孩子去新华商场，想给孩子和姥姥买新衣服过年……有个朋友给我打电话……我就走到一边去接听，谁知就一会儿工夫……孩子就没了……”

“你赶紧报警，别光贴寻人启事啊……”好心人提醒她。

“报警了，当天就报警了，两天了，没一点音信……呜……”

好心人叹息着，拿出纸巾递过去：“别哭了，哭坏身体怎么找孩子……”

天一点点阴了下来，寒鸦成群地在低空盘旋。

她身后几百米处，几个身穿橘黄色制服的人用刷子在女人贴的启事上来来回回刷着，然后用铁铲将寻人启事一张张铲下来，扔进脚下放着的垃圾桶里。

女人的手机响了。“桂花，你和淘淘什么时候回来啊？过年的东西妈都买好了，就等你俩回来了。”

桂花听着电话那端熟悉得不能再熟悉的声音，紧绷的神经彻底崩溃了：“妈，淘淘丢了……”

桂花妈的眼皮这几天总是跳个不停，她顺手拿起炕上的《看图识字》，撕了一角贴在眼皮上。她走进厨房，看着铁锅里熬的桂花最爱吃的皮冻，想桂花和淘淘这一两天也该回来了。

她养了一个俊俏的女儿。桂花的眉眼随她，可比她丰满，比她年轻时更撩人。自从和桂花一起长大的柱子考上大学，桂花就一直想去城里。五年前，说是同学在城里帮她联系了个工作，离开了家。

过了两年，桂花挺着大肚子回来了，在家生下了淘淘。淘淘到底是谁的孩子，无论她怎么问，桂花就是不说，再后来一问就急眼，让她别管。孩子大了不由娘，再说，女儿的性子随她蹲大狱的爹，烈性。

淘淘五个月大的时候，桂花回城了。因为想淘淘，桂花一年回来四五次，每次都带回来好多东西，再给桂花妈扔下一笔钱。桂花妈的生活因此也好起来，逢人就夸女儿争气。

小年儿头两天，桂花把淘淘带到城里去，说快过年了，得给孩子添几套衣服，还要带他吃点好吃的。离过年就剩三天了，她实在忍不住，拨通了桂花的手机。平时她是不敢给女儿打电话的，因为打电话，女儿酸脸好多次。

桂花妈一听桂花号啕大哭，心里咯噔一声，又听说淘淘丢两天了，立刻眩晕起来。她努力稳住心神，对桂花说："花啊，你别哭，妈这就去城里，和你一起找……"

她简单收拾下，锁上门就奔村外的汽车站走。等车的时候，小翠她妈路过，扯着公鸭嗓问她："桂花妈，你心急火燎地干啥去啊？"

"我去城里，桂花刚打电话来，说淘淘走丢了……"桂花妈不禁哭出声来。

小翠妈一怔，随即竟撇了撇嘴："桂花妈，你也别太着急了，不是我说你家桂花，那孩子丢了更好……"

桂花妈一听这话，揪住小翠妈的脖领子，一口浓痰就冲她脸上啐去：“老不死的，你什么意思？！”

小翠妈用衣袖狠擦脸，幸灾乐祸地说：“你急啥？你家桂花这几年咋赚那么多钱的？谁不知道淘淘是野种，那孩子没了更好，桂花才好另找人家……”

乌云压到了地面，雨却说啥就是下不来。桂花拖着灌了水银般沉重的双腿回到家，打开房门。逼仄的空间堆满盛放小工艺品的盒子，墙上挂着的黑色相框里，一个年轻的男人凝望着她。她扑倒在地，声音沙哑得像牛皮纸裂开：“我们的儿子在哪儿啊……”绝望得让人不忍听闻。

手机铃声响了起来，桂花看是村主任打来的，按下接听键。

“桂花，你快回来吧，你妈喝农药了……”

局中局

瞬间坍塌的建筑物，瞬间凹陷的地表，四周漆黑不见五指。艾民喘不上气了，他撕心裂肺地大叫一声，从噩梦中醒了过来。坐起身，擦了擦头上的虚汗，定了定神，又想了好一会儿，拿起电话拨了出去。

建明街道是云阳市有名的棚户区，一排排二十世纪五六十年代建造的旱楼，很多都已经没有了窗户。街道两边小摊一个挨着一个，使这条街更加拥挤杂乱。

赵记杂货旁边的公共旱厕前一片嘈杂。

吴言尽量少呼吸来躲避刺鼻的味道，示意他带来的两名记者拍摄实况、采访群众，自己则绕着旱厕走了一圈。

这旱厕一看就有些年头，昨夜被大雨一浇，外墙剥落得惨不忍睹。厕所前后都有“此旱厕危险，请勿靠近”的警示牌，但很多人无视警示。

两个老人指着进出旱厕的人，对记者嚷嚷：“看看这墙多危险，要是砸了人怎么办？！求你们记者帮我们反映反映。”

吴言走过去问道：“老人家，这厕所这么危险，怎么还有人进啊？”

“小伙子，一看你就不在这附近住。这条街两里地长，就两个旱厕，那个旱厕也这样，不上咋办，憋着啊？”

“那为什么不早跟有关部门反映？”

老人眉毛都竖了起来：“你以为我们没反映过？前两年这个厕所就出过事，一个高中生上厕所的时候，突然地板掉下去了，多亏那学生反应快，扒着边爬了上来，掉进去肯定就上不来了！当时公厕办来人把厕所封了，可是老百姓上厕所成了难题，所以简单维修下又开放了。”

周围的人你一言我一语，有人指责公厕办不作为，有人说公厕办新来的主任看着还不错，可来过好多次了，就是没解决问题。

吴言突然感到内急，想起老人说这条街只有两座旱厕，无奈地走进去如厕。他蹲在地板上，心揪着，有随时都可能掉进粪坑的危机感。

他暗下决心，一定要追踪此事直到解决。

“欢迎吴大记者对我们的工作进行监督……至于建明街道的旱厕，情况是这样的，我们一直在打报告，申请绿色环保公厕的资金。可是您也知道，现在财政资金缺口大，拉屎撒尿是问题，吃饭养家更是问题，总得有主有次是不是？”主管环卫的程局长面对吴言的追问，打着哈哈，“要不您去财政局帮我们沟通沟通，无冕之王可比我们能量大。”

吴言见程局长敷衍塞责，冷笑一声，毫不客气地说：“程局长，您这话没道理，拉屎撒尿不重要，难道人命也不重要？”他顿了顿，继续说道：“这件事情我们电视台会持续关注的。”

吴言离开后，程局长烦躁地在办公室里走来走去，不时用手帕擦擦额头的汗水。

两个半月内，电视台的早间新闻播放了三次关于建明街道旱厕问题的报道。最后一次，旱厕旧址上已建起新型环保卫生间，程局长以之为背景在讲话。

深夜，艾民家中。

“艾民，我现在越来越佩服你了。当初你深更半夜给我打电话，提供关于旱厕的新闻线索，我还以为你是想让我给你这公厕办主任歌功颂德呢，谁承想竟是为了办实事。”

“吴言，那旱厕让我寝食难安啊。真要是砸死人，我这芝麻官不要不打紧，于心何安？！年初的时候就听人说危厕的修缮专款到位了，我连续打了三个报告给上面，都石沉大海。那我只能另辟蹊径，给你这无冕之王添麻烦了。”

隐情

窗外传来呜呜咽咽的风声，窗帘上映出影影绰绰的脸孔，曼云怎么看也看不清。她惊恐地打开灯，那张脸在明亮的灯光下消失了。

曼云看了眼身边熟睡的儿子。儿子睫毛很长，翘翘的，像女孩，靠鼻尖有颗凸出的黑痣，嘴角微微上扬，或许正做着和小猪佩奇有关的梦。

墙上挂着婚纱照，里面的中年男人，嘴唇紧抿，鼻尖有颗和儿子一模一样的黑痣。

曼云将掉在地毯上的大娃娃捡起来，抱在怀里。

八年前，她二十岁，和诗人私奔到这座城市。知道怀上孩子时，诗人跪着对她说，云，为了让我们的生活能像你的名字一样自由，求你……把我们爱的结晶放飞吧。

曼云将手指插进诗人长而卷曲的头发里，揉啊揉的，像要揉出诗人嘴里的自由。

不几天，她下班回家，发现枕头下的纸包。打开一看，里面是一千元钱，纸上歪歪扭扭写着几行字：云，原谅我！我不能给你你要的生活；你也不能给我我要的云彩……

“爸爸，爸爸……”儿子轻轻叫了两声，翻个身，又睡了过去。

“妈妈，爸爸为什么总不在家住？”

“妈妈，爸爸今天带我去爷爷家了，你为什么不去？”

“妈妈，姑姑今天给我做了好多好吃的，哪天让姑姑来咱家做客好吗？”

每当儿子说这些话，曼云不是说儿子，等你长大就明白了，就是叹气不语。她有时也会问儿子："儿子，咱不要爸爸了行吗？"

儿子五个月大的时候，曼云去佳影公司面试。与同样争取文案职位的另五个人相比，她既没有学士学位，也没有丰富的工作经验，如果不是拿出和诗人在一起时写的几首诗，几乎没有一点希望。她紧张得要命，给四位面试官挨个深鞠躬，带着哭声说："求求你们，让我来上班吧，我一定行的！这份工作对我太重要了，要不我养不起我的孩子。"

那一刻，她完全忘记了，自己履历表上填的是未婚。

主管人事的副董刘宇轩力排众议，让她进了公司。

一年后，曼云辞职。她对同事说，她和刘副董结婚了，刘副董在全市最好的小学旁给她和儿子买了一套两居的商品房。

公司的人私下里议论纷纷。有的说，真看不出刘副董是那样的人，怪不得非让张曼云进公司，当初就没安好心。有的说，别听张曼云胡说，她说和刘副董结婚，咋没见办酒席？前天我还看见刘副董和夫人逛家乐福呢。也有人说，保不齐是包二奶吧。

曼云知道刘宇轩并不爱她，他总是劝她去寻找属于自己的生活。但曼云知道，他能给儿子一个好的未来。她看着儿子熟睡的小脸，眼泪扑簌簌直掉。

下起雨了，窗外雨声越来越大。

刘宇轩此时正躺在床上看《老人与海》。刘宇轩十五年前出海游玩时不慎坠海，被鲨鱼咬伤，失去了男性的功能。那以后，他把《老人与海》不知看了多少遍。

他多次提出离婚，可妻子说："宇轩，我嫁你是因为爱你，别的都不重要。不要再提离婚的事好吗？"从那时候，他就发誓一辈子都对妻子好。

他让张曼云进公司，只是动了恻隐之心。娶张曼云，把她的孩子变成他们的孩子，是妻子的主意。

有一天，他和妻子在街上偶遇张曼云，妻子看见张曼云怀里的孩子，稀罕得不得了。当她发现孩子鼻尖那颗和他一模一样的痣，突然就生出这个古怪的念头。起初，他说什么也不同意，可是妻子动员他老爸做他的工作，抬出“不孝有三，无后为大”的古训。

五年过去了，在他和妻子心里，张曼云的儿子就是他们的亲儿子。可夜深人静的时候，他总是睡不着。他不敢往后想，不敢想儿子长大后知道自己不是他的亲生父亲，知道母亲为了养大他竟和自己做了一笔交易，会怎么想……

刘宇轩合上书，关掉台灯。窗帘上黑魆魆的树影像一双大手摇来晃去，窗外的世界和风雨声并没有因为他闭上眼睛而消失。

断线风筝

夏季，清水街两旁明清风格的建筑群在绿树红花的辉映下，更显古香古色。一丝微风拂过，馨香扑面而来，傍晚纳凉的人们顿感心旷神怡。

衣衫褴褛、蓬头垢面、戴一顶已看不出颜色的草帽的男人，挥舞着一只不知从哪儿捡来的破烂不堪的风筝，沿着林荫小道走着，口里不停地念叨："我是白眼狼，我是白眼狼……"

海洲带着七岁的儿子淘淘正从小道的另一端走来。淘淘拿着水枪，突突突地往树上、地面扫射。海洲紧紧跟在后面，不时提醒着儿子别把水枪对着人。七岁是男孩最淘气的年纪，玩起来哪顾上听父亲的话。淘淘在前面疯跑，时不时就把水滋到路人身上。海洲跟在后面道歉，如是几次，气得他紧跑几步，从儿子手里把水枪抢了过来。

"你再这样闹，下次不带你出来玩！你看看谁像你这样淘气！"

"爸爸，你跟爷爷比差远了，爷爷从来不说我。"儿子噘着小嘴抗议道。

海洲听了心里不是滋味。他平时工作忙，确实很少带孩子出来玩，好容易出来一次又数落孩子。可看今天淘淘的表现，回家一定得跟爷爷奶奶说说，不能这么惯着，为所欲为还不服管，长大了如何得了。

"风筝！爸，快带我去看放风筝。"儿子指着天上飞舞的风筝大声喊道，把水枪的事丢到爪哇国去了。

海洲一看儿子的高兴劲儿，也高兴起来，父子俩一起向放风筝的广场跑去。

"爸，快看，飞得最高的那只蝴蝶多好看。"儿子蹦蹦跳跳地指着空中喊道。

海洲抬起头，看大大小小的风筝在天上翩翩起舞，心想，现在的孩子真幸福，比自己小时候不知强多少倍，那时候这河边一片荒凉，没有广场，更没人有闲情放风筝。

“爸，看，那只大蜈蚣挂树上了。”

一个疯疯癫癫的人影摇摇晃晃地向他们走来，吓了淘淘一跳，赶紧躲到海洲身后。

“我是白眼狼，我是白眼狼……”

男人站住了，抬头看了一眼挂在树上的蜈蚣风筝，喊：“我是白眼狼，我是白眼狼……”

海洲怕男人撞到淘淘，赶紧带淘淘走到广场旁边的小售货亭前。那儿有电动小马小羊，海洲让儿子挑喜欢的骑上去玩。

“报应啊，自作孽不可活。”售货亭的大姨看着广场上的男人，嘴里念叨。海洲好奇心起，指着疯汉问道：“大姨，您认识这个人？”

“认识，我邻居。他爸在他十岁时候就死了，他妈为了他再没找人家。这小子小时候还挺听话，后来娶了媳妇就不是他了。他那媳妇长得挺好看，可是天天除了吃就是玩，什么家务也不干，他妈天天伺候他俩。开始倒也无事，谁承想老太太三年前突然中风，不能自理，他和他媳妇还没伺候半年就受不了了，整天不给他妈吃的。结果，有一天他不在家，他媳妇竟领了一个男人回家……他妈气得都要疯了。他回来后，老太太跟他说这事，他竟然说老太太就不想让他俩有好日子过，还翻出他妈所有的钱给了媳妇。那女人拿了钱，没多久就跑了，再也没回来过。他发现媳妇跑了，把怒气都发泄到他妈身上，有一天竟然把老太太从床上拽下来，老太太在地上一边哭一边喊：‘我作了什么孽啊，咋就生了你这么一个白眼狼！’他竟然用脚使劲踢他妈，一边踢一边恶狠狠地说：‘老不死的，你咋不早点死。’我们这些邻居实在听不下去，过去说了那小子两句，他才停手，没承想老太太当晚就死了。唉，老太太死后不久，有一天，他看见挂在树上的风筝，突然就疯了……”

海洲听完，好一会儿没言语。等淘淘从电动小马上下来，海洲带着他往家走。还没出公园，儿子突然抓住他的手，说：“爸，我长大后不当白眼狼！”

海洲蹲下身，把淘淘紧紧搂在怀里。

突然，从河边传来人们的惊呼：“有人掉河里了……疯子跳河里捡风筝去了，快救人啊……”

咖啡师

清晨，林海打开窗，清凉的微风冲淡了房间里的消毒水气味。从武汉封城开始，他每天起床后的第一件事，就是看看朝阳。即便知道是阴天，他也要看。

今天是幽谷咖啡店为中医院的一线医护人员免费送咖啡第二十天。这些天，林海白天忙得什么也顾不上想，可一到晚上，不管多累，他也都睡不着，想着对面高楼里与死神赛跑的人们。

林海出生在成都的郊县，本来应该爱茶，可偏偏爱上了咖啡。

那年高考完，他去上海玩，在徐家汇一家咖啡店里看见咖啡师表演调制咖啡，手指和手臂灵活得像在跳舞，简直帅到爆表。

他随意点一杯黄金曼特宁，咖啡端到面前的时候，林海的下巴差点掉了：柔和的黄褐色液体表面，漂着乳白色凤凰羽翼，咖啡微微颤动，那羽翼像在徐徐飞翔。这哪是咖啡，简直就是一件精美的艺术品！它像一颗炸弹，在林海心里爆炸开来。

大学期间，他把省下的生活费和打工赚的钱都用在买咖啡豆和学习制作咖啡上。毕业后，在网上看到南京的雕刻时光咖啡店招人，他就跑去应聘。两个月试用期满，店长将印有“barista”字样的胸牌套在他脖子上，指着一米见方的吧台，说：“以后，这就是你的舞台了。”

他心中大声喊：“耶！”两个月里，他洗过无数只杯子，挖出无数坨冰激凌，像一沓沓答卷，终于让他迈进咖啡师的门槛。

林海洗漱完毕，早早去到店里。

他先将打奶的温度调到八十摄氏度，以免咖啡在运输的过程中变凉。

他今天上午的工作是制作咖啡，下午要在每杯咖啡液面上写上“有您真好！”几个字。

眼前的咖啡杯越来越少，林海松口气，甩了甩有些僵硬的手腕，突然听到店长兴奋地叫喊：“快来看！天啊，一百二十万！一百二十万！”

他跑了过去。

店长指着电脑屏幕上云买单后台的数字，手微颤。自从送咖啡计划被电视台报道后，全国各地以云买单方式加以支持的人越来越多，网友们的留言几次让他们抱头痛哭。

人世间，有什么比危难时刻的真情奉献更珍贵的呢！

这时，林海的手机响起提示音。是曼婷发来的微信：看到你们店的报道了，为你骄傲！你一定要保护好自己，等疫情过去，我要喝你亲手调的咖啡。

他的眼睛不舍地停留了几秒，把手机揣进兜里。

有前辈说，做咖啡师慢慢会没有女朋友。开始他不相信。他和女友曼婷青梅竹马，家庭又是世交。他出来拼，除了爱咖啡，更是为了有一天能在成都开一家属于自己的店。

去年夏天，曼婷打来电话，哭着说：“你在外面漂了四年，除了咖啡还是咖啡，我看不到任何希望。”

“你以前不是这样说的，你说我做什么都会支持我！”

“那是以前，现在我不这么想了。我是女人，我要我的男人陪在身边有错吗？我真不理解你，背井离乡的，一个月才赚四千，你图什么呢？”

“婷，你知道调制咖啡的感觉吗，那种感觉就像和你谈恋爱……”

还没等他说完，曼婷大声打断他：“林海，你真病得不轻！咖啡和我，你只能选一样！”

林海默默挂断手机。

和曼婷分手不久，他来到武汉。在这里，幽谷咖啡店酷冷的装修风格一下抓住了他的心。他在这里工作，闲暇的时候，经常去别的咖啡店串门，或者看制作咖啡的视频研究技艺。失恋的痛苦，慢慢变淡。

除夕那天，曼婷突然打来电话："怎么没回来过春节？你现在怎么样？"

"我没事，每天都忙。"

"你一定要注意……一定！"她带着点哭腔。

"嗯，放心。"

挂断手机，他哭了。她不知道，其实他回去了一趟。店长在微信群里发"回店给中医院送咖啡，愿意的小伙伴报名"时，他正在从成都机场赶往火车站的路上。再有两个小时，他就能看到爸爸妈妈了。正犹豫要不要返回去，看到西纳说他不回伊朗，他要留在武汉。林海立刻订了飞回武汉的机票。中国的事，外国的爷儿们都能伸手，他怎么能当逃兵！

当林海和伙伴们做好第二天的准备工作，路灯已经点亮空寂无人的街道。他摘下口罩，坐到橱窗前的椅子上。

窗外，光影变幻中，三两枝梅花摇摇曳曳地绽放。他想起白天曼婷发给他的微信，回道：此刻，我只希望能安稳睡觉……

老师与母亲

赵韵凝看着棺木里那张被入殓师修整过的脸。这张脸安静，甚至祥和，无一丝记忆中的狰狞。心中对这个人的一切怨恨，瞬间消失殆尽。赵韵凝深深鞠了一躬。

躺在棺木中的人，是赵韵凝小学四年级时的班主任，姓王。名字真的是忘记了。享年六十一岁。

听到“老师”这个词，大抵总是令人联想到“桃李满天下”“园丁”“循循善诱”之类。可在赵韵凝心里，老师，尤其是王老师，与那些美好的词语并不搭界。赵韵凝知道，自己这个观点表达出来，无数人喷出的唾沫星子能把自己淹死，“白眼狼”“不尊师重道”“不懂感恩”，等等，大帽子会毫不留情地砸过来。胆小的人是不敢有微词的，尤其在网上。好在赵韵凝从小就胆大。

赵韵凝对老师的看法主要源于两个人：一个是她母亲，二十世纪七十年代抗大小学的教师；一个就是躺在棺木里的王老师，听说她在赵韵凝毕业后，还当上了那所小学的校长。

无论是在抗大小学，还是在后来正式的小学，四年级前，赵韵凝都是品学兼优的好学生。尤其她的作文，一直是被班主任老师当范文让同学们学习的。谁知到了四年级，王老师当了她的班主任，一切都变了。在这位老师眼里，她不再是乖巧的好女孩，更不是好学生。有一次，王老师当着所有同学的面，将赵韵凝一篇无论是她母亲还是同学都认为非常好的作文撕个粉碎，狰狞地喊：“这是什么作文！”

赵韵凝望着那张布满横肉的扭曲的面孔，以及一颤一颤的杂乱的眉毛，咬紧嘴唇，一声没吭，收拾书包就回了家。

第二天，赵韵凝的母亲来到学校，当着四年级组其他老师的面，毫不留情地质问王老师：“别以为我不知道你为什么这样对我女儿，不就是因为我教你儿子时经常找你吗！为什么找你你不清楚？你儿子上课不听讲，偷同学文具，下课打架骂人，甚至用小刀划坏同学的衣服。现在看来，你儿子那样完全就是你的原因。我女儿不用你教了，我真怕你把我女儿教坏了！”

于是，四年级的下半学期，赵韵凝是在家自学的。

从此，老师这个很伟大的字眼，在她幼小的心灵里失去了光辉。

王老师过世的消息，是葬礼前一天同学告诉她的。同学本来以为赵韵凝是不会参加葬礼的，可赵韵凝说，如今我这年纪，早就理解王老师当年的行为了，老师毕竟也是母亲。

葬礼之后，同学们纷纷议论，说王老师过世与她儿子被判十年徒刑有关。

而这时候的赵韵凝，已经是当地很有名气的作家了。

街景

赵晓曼站岗的十字路口，是云阳市夹湖区最热闹的路口。现在是傍晚，正是晚高峰。一辆辆缓慢爬行的汽车组成望不到头的长龙，刺耳的鸣笛此起彼伏。一些路人走过路口时，好奇地看她几眼。这让她突然想起一句诗："你站在桥上看风景，看风景人在楼上看你。"

对面和她一样站岗的男人，戴着小红帽，手举小红旗，此刻正低着头刷手机。赵晓曼偷偷拍张照片，用微信发给她最好的朋友："我现在的样子和他一样。"

很快，朋友回个大大的笑脸："晓曼，你不好好在局里上班，做什么交通协勤啊。"

她给朋友回了个大头怪："你不懂，这是任务。"

离她不远有座人工花池，花池里的花被仲夏的太阳晒得耷拉着脑袋，荒草倒很茂盛，飞毛毛迎风舞动着。名不副实的花池和名不副实的协勤有着异曲同工之妙——她突然被自己这个新发现逗笑了，拿出她那条绣着白色百合花的紫色真丝手帕捂了捂嘴。

赵晓曼要在这里站一个小时，她不知道这一个小时自己到底应该做些什么。拦阻闯红灯，还是纠正不文明行为，还是制止乱按喇叭？正胡思乱想着，一个男人叼着烟，摇摇晃晃地向她走来。

"你站在这儿干吗，站岗吗？"男人眨巴着难看的小眼睛问道。

赵晓曼瞪了他一眼。男人抻了抻花里胡哨而且皱皱巴巴的衬衫，还想说什么，看赵晓曼转过身去不理他，停了几秒离开了。

赵晓曼将刚才发生的事告诉朋友，朋友戏谑地问："他没说给你五百元让你跟他走啊？"

“看来你一定干过这事。”赵晓曼嘴不饶人。

这时，一位牵着条小泰迪的老太从马路对面走过来。赵晓曼本想逗逗走近的小狗狗，却被老太直勾勾的眼神吓得手足无措。

“大姨，您有什么事吗？”赵晓曼狐疑地问。

“没事，你长得真像我闺女。”

赵晓曼不知怎么接话，傻傻地笑了笑。老太走出很远还回头看她。花池里的飞毛毛被风吹到她脸上，痒痒的。

这时，一样装束的男人揣起手机，摘下小红帽，向赵晓曼走来。

赵晓曼问：“可以走了？”

“可以走了吧……没几分钟了，不会来查了。”

天上的云不知何时散了，夕阳把马路对面一块大牌匾上“云阳服装小商品集散地”几个缺横少竖的字映照得更显斑驳。

赵晓曼正想收拾东西离开，走了的老太又回转来，泪眼婆娑地对赵晓曼说：“闺女，你是你妈亲生的吗？你长得真像我闺女……”

赵晓曼手里的小红旗掉落在地上，隐藏在心底深处几十年的秘密像变异的野草突地疯长。她下意识地去摸挂在脖子上的那块泰山石，母亲临终交给她这块石头。母亲一直在说：“你妈没死，你妈没死……”难道……

赵晓曼恍惚了，竟从老太的容貌里看到自己老去的样子。

“妈，你又乱认姑娘了。”小眼睛不知何时也回转来，不好意思地对赵晓曼说，“对不起，对不起，我妈有病，老年痴呆。”

小眼睛牵着老太的手渐渐走远。

街道上缓慢爬行的汽车，在赵晓曼眼里突然变成疾驰的列车，喇叭的嘀嘀声也化作轰鸣。

老冯

老冯还有几个月退休。最近，他见谁跟谁说，就因为自己一辈子行得正、站得直，不会溜须拍马，所以到现在还是副科。不管真情还是假意，开始还有人宽慰他几句，说的次数多了，大家都躲着他走。

那天他来我办公室，几句闲话后又旧话重提。我实在没忍住，说冯哥，咱哥俩不说这个行不？那啥，我这儿还有事，等下班我去你家楼下，喊你下来，咱整点小酒，好好唠唠。

在区卫生系统，认识老冯的人不少，大家当面背后都说他是好人，但和他有交往的人用一个巴掌就能数过来，几乎都是第二医院的老同事，其中包括我。我大学毕业分配到二院那年，他二十八岁，是二院的会计。那年月还没有实行财务电算化，都是手工记账。打开他记的账本，从头到尾不见改过的数字。很多人都说老冯真厉害，人家记账从来不错一笔。其实，他们不了解真相。老冯记账时，都先用铅笔记一遍，月底结账后，与凭证及其他账簿核对无误了，再用钢笔描。确实称得上认真细致。老冯装订的凭证，整齐得像街面上卖的线装书，任谁都得竖大拇哥。那年，二院因财务工作优秀，被市审计局评为免检单位。也正因如此，第二年，他被任命为副院长，主管行政。大概因为老冯长得比较超前，属于年轻老成型，那时候起，大家就都叫他老冯。

下了班，我来到他家楼下，找了家干净的小饭馆，给他打手机。

小佟，没想到你真来找我了……我这儿也没个准备，改天吧。他说。

冯哥，你痛快地，咱哥俩好久没在一起扯扯了，我要再不来，你不一定心里咋骂我呢。我说。

他嘿嘿笑了，挂了手机。没两分钟他就进了饭馆。见了我，习惯性地先鞠了一躬。

我真想踹他一脚，可看到他脑顶上散落着的仅有的几绺头发，鼻子还真有点发酸。

冯哥，赶紧坐！菜我都点好了，都是你爱吃的。酒杯我也拿热水烫了，你要不放心，自己再烫烫。

我把他摁到座位上。

老冯真先把桌子仔仔细细擦一遍，又拿起筷子和酒杯，认真地看了看。说你小子这么忙还能来看我，我老冯当初没看错人！这顿哥请，你来哥高兴！

我没告诉他我已经把钱预交收银台了。我要是说了，他这顿饭肯定吃不好，说不准还得跟我急。

几杯酒下肚，老冯的话越来越多。

小佟，你说说，我廉洁奉公一辈子，眼看着就退休了，连个正科都没混上。

冯哥，你现在多好啊！老妈老爸九十高龄，还都硬朗，女儿又在上海扎了根，别老想那些不开心的事。我听说了，你按会计师职称退休，不比按正科退工资少。

还没等我的话说完，老冯不高兴地打断我，说一码是一码，你说我当院长这么多年，哪儿做得不对？你记得不，当年我刚当正院长，正赶上医院改制，国家说不给医院拨款就不拨了，得我们自己赚，别的院长为了创收，又卖白条鸡又卖大鲤鱼的，就我坚持原则。还有，那个王大夫，想当医务科科长，塞给我五百元钱，第二天，我让会计开了张“计划生育保证金”的收据，次年还给她了……

冯哥，你说这些都没错。咱系统谁不说你是大好人？单就你那孝顺劲儿，天底下找不到第二个。但我这当弟弟的还是要实话实说，有些事啊，你的想法确实有问题。

老冯一听我说他想法有问题，细条眼睛瞪了起来，额头上的几条皱纹凑近不少，语声也高了几度。你说，我什么想法有问题了？

我举个例子，你还记得你刚调到妇婴医院当副院长的时候，和张院长闹到局里那件事不？

别提他，他就是小人！

冯哥，你别激动，你听我说完。当时我就觉得你的想法有问题，给你打过电话，你没听。今天旧事重提，没别的意思，咱俩跟亲哥俩一样，我得跟你说实话。

老冯眨巴眨巴眼睛，没再争。我知道他能听进去了，说那次几个工人给医院维修房子，你跟着忙了一天，晚上请他们吃了一顿，有这事吧？

他想了想，点点头，说有这事，一提这事我就生气——小佟，你说说，那帮工人多辛苦啊，我请他们喝点酒有错吗？老张真可气，说啥也不让财务给我报销饭钱。我是为工作请客，为啥不给我报销？市里省里来检查时的餐费，他怎么说报销就能报销？

冯哥，我不赞同你说的。且不说张院长花的招待费合不合理，就说你请工人吃饭，然后去报销，就不合理。工人们是辛苦，但我问你，给他们劳务费了吧？合同里没写供饭供酒吧？你出于个人情感请他们喝酒，怎么能让单位埋单呢？人家老张不给你报销没问题啊。

老冯噌地站了起来，气哼哼地说小佟，你变了，你现在咋也没同情心了？

我一看他涨得通红的脸，颇感无奈。得，冯哥，我说多了，不说了，今天咱哥俩就喝酒！

心安

1

素芬几夜没睡好，一听到儿子压抑着的痛苦呻吟，就恨不得一头撞死。她怎么也想不明白，儿子才六岁，怎么就得了绝症。这些天她胃疼得厉害，但她不敢说。说有什么用？家里已经再借不到一分钱。丈夫为了能多赚点钱，南下打工去了，可寄回来的钱别说还债，连让儿子多吃个鸡蛋都困难。

看着孩子苍白的面孔，她下定决心，今天无论如何也要弄到“抗癌三号”。就让上帝惩罚她吧，她不怕。

2

“走，去窗口，我就不信了，什么人这么闹，要脸不要？！”药房主任张军一听这几天天天来闹的母子又来了，气愤地对当班的小刘说。

来到窗口一看，闹事的女人穿着廉价却也整洁的衣服，一脸的憔悴和疲惫。牵着的男孩还没有窗口高，面色苍白如纸，头上没有一根头发。他一双大眼睛好奇地四处看，令人爱怜。

张军放缓了语气：“大妹子，你先别哭了，说说到底怎么回事。”

女人似乎明白他是管事的，哭得更厉害了。一边哭一边给他鞠躬，声音颤抖地说：“求求你们，把差我的药给我吧……”

“你把病志和医药费收据给我看看，我帮你查查，如果确实是我们的失误，我一定把药给你。”

女人在蓝色粗布兜里翻了半天，掏出一个病历本，犹豫了一下，递给张军。

张军打开看了看，见病历上最后的就诊日期是两周前，处方“抗癌三号”五瓶，半个月的量。

“抗癌三号”是省中医院的自制药，药方是老院长祖传，几十味药材配制而成，其中一味是白花蛇舌草，必须是生长于海拔八百米以上的山地岩石上的才可入药，正因如此，此药价格不菲，一瓶三百五十元。

“收据呢？给我看看。”

女人说：“我，我弄丢了。”说完又大哭起来，小男孩拽着妈妈的衣襟，眼神迷茫而又胆怯。

张军掏出一包纸巾，递给女人：“你在这里等一下，我去查查。”回到药房，他翻看底联，根本就没有少发药的情况。

“大妹子，我查了，我们并没有少发药的情况，你是不是记错了？”

女人的哭声提高了一倍，大声喊道：“你们行行好，把药给我吧！”

张军一看这女人在胡搅蛮缠，示意旁边的职工给保卫科打电话。不一会儿保卫科来了人。女人一看来了两个身穿制服的高大男人，眼睛里闪过一丝惊慌。她将孩子往她身后拽，孩子被她拽得险些跌倒。女人瞬间变得焦躁，一把拽住张军，嘶哑地喊道：“你们不给我药，我就住在这里，啥时候给我药我啥时候带儿子走。”

女人坚定而又决绝的目光让张军心中一颤。围观的人越来越多，说什么的都有。

院领导接到保卫科电话，也过来了解情况，末了只说了句：“你们科室自己解决吧。”

张军越来越头大，看着拽着自己衣袖的女人，无奈地对小刘说：“小刘，你拿我的卡去给她开五瓶。”

小刘疑惑地看了他一眼，接过银行卡，气哼哼地走了出去。

女人困惑地看着张军。

张军把五瓶药递给女人，她接过来飞快地装进布兜，把布兜紧紧搂在怀里。她连着向张军鞠了好几个躬，连声说："谢谢，谢谢，你真是好人！"

又对小男孩说："快给大大鞠躬，谢谢大大。"

小男孩深鞠了一躬，声若蚊吟地说："谢谢大大！"

张军目送母子离开，不由叹了口气。

3

"张主任，我看这女人分明就是讹诈。"小刘说。

旁边几个人也觉得这女人就是医闹，是骗子，虽然看着挺可怜。

张军没言语，一口气喝光一杯水。他在角落里坐下，心里觉得堵得慌。围观群众一面倒地说医院黑，甚至还有说医生没人性的。可医生的苦又有谁了解？！他当科室主任后才知道，医院的运行、人员工资及建设、大型设备购置等费用，都要自行解决。一个科室一共七类十四项费用，都挣够了，员工才能拿上全额工资。再一想自己掏的那一千七百五十元药费，还真有点心疼，那钱够自己孩子一个月的生活费了。

母子俩的背影又飘进脑海，张军揉了揉太阳穴，不由叹了口气。今天做好人做得冲动，但也算心安吧。

变脸

环卫四所所长孙山在环卫局无人不知，无人不晓。他人高马大，走路总像螃蟹似的横着晃，大家都躲着他走，生怕不小心被他撞倒。他官职不高，但老于世故，颇能左右逢源，这在全局也是出了名的。环卫局上上下下当面都喊他孙所、老孙，可背地里无一例外，都叫他孙子。

这两天孙山有些坐立不安，新局长上任一周了，他两次去局里想和对方唠唠，沟通下感情，结果都吃了闭门羹。人家太忙，也根本没打算见他，可越不见他，他心里就越没底。

今天一个手眼通天的哥们儿来所里办事，孙山非要拉他喝两杯。还没到上午十一点，两人就在富雅酒店的小包房里坐下了。

下午两点左右，孙山的电话响了，是新局长打来的，问他在哪里。孙山竭力稳住自己的声音，说在管片检查卫生。

“你在哪条路上？”

“我在环山路上。”

“哦，那正好，我就在环山路的心悦瑜伽馆门前，你马上赶过来。”没等他回答，就挂了电话。

孙山傻眼了，从酒店到局长指定的地点最少也得一个小时，时间上无法自圆其说不说，自己还一身酒气。哥们儿看他犹豫，说道：“老孙，你赶紧过去吧，听说你们局长是当兵的出身，今天要是不过去，小心你的官帽。”

孙山一听立刻喊服务员结账，急三火四地往环山路赶，终于在一小时后赶到指定地点。新局长在车里冲他笑：“早听说孙所好酒量，看来此言不虚，你没少喝啊。”说完，扔下满脸尴尬的孙山，吩咐司机开车走人。

不到一周，局里下达了免去孙山所长职务的通知。

被免职的孙山再上班，总是低着头，耷拉个脸，走路也不似从前从楼道这侧能晃到那侧了。媳妇看他整天闷闷不乐，安慰他："不就一个小所长吗，不当更好，省得整天这个找那个找，多大官儿似的。这下好了，没事也帮我做做家务。"孙山一听媳妇唠叨，转身就走，心想妇道人家懂个屁。前段时间老局长还说找机会给他提个副局，唉，谁也不能相信啊。

这天，孙山到局里办事，正巧业务科冯科长刚从外面回来，看见他习惯性地招呼说："老孙来了，好久没见你了，到我办公室坐会儿，有你爱喝的龙井。"孙山沉着脸，眨巴下眼睛："不去了不去了，我还有事，您这大科长这么忙，不耽误您时间了。"冯科长听到"您"字，心里不禁一动，再看他那张有点变形的脸，暗想这孙子肯定想偏了。于是也不强求，打着哈哈走了过去。

孙山被撤职不到一年，环卫局和城管局合并，新任局长竟然是以前提拔他的老局长。孙山的心情像春水涨潮，立即拎着两瓶茅台去了老局长家，声泪俱下地诉说自己的委屈。他不说因工作时间饮酒被撤了职，只说新局长上任后想重新洗牌。"因为当初是您提拔了我，所以拿我开刀。"他一边说一边看老局长的脸色，看老局长脸色变了又变，心中暗喜。看来他的话老局长听进去了。临出门，他从兜里掏出两张票，递了过去："老局长，这是两张南风剧场的票，二人转专场，您最爱看的，我好不容易搞到的。"

那天晚上，孙山大半年来第一次爬上了媳妇的身子。

合并后重新任命科级正职，孙山当上了执法中队的中队长。

党委给新任命的干部开会。会后，孙山在走廊里碰见冯科长，老远打招呼："老冯，走，去你办公室坐坐。龙井还有吧？正好，我对你们业务科的工作有点想法，唠唠。”

冯科长笑着说：“好，好，去我那里坐坐，听听你有啥好建议。”心里却暗骂，孙子，你这脸变得可真快！

三朵花的秘密

莫妍和徐淼下个月就正式退休了。同启小学的部分老师为她们举办告别宴。席间，两人目光几次相遇，双方都很快躲闪开了。

宴毕，酒店门口，众人与莫妍、徐淼道别后，各自散去。莫妍招手打出租车。徐淼站在她身后，嘴张合了几次，终于喊出声："莫妍，等等……"

莫妍一愣，手抖了下，却没回头。

徐淼往前紧走几步，拉住莫妍的胳膊："莫妍，有件事压在心里很多年，我想跟你说说。"

莫妍回过头，看徐淼头顶布满白发。自己如果不染发，何尝不是如此。她的眼角有些湿润，点了点头。

三十五年前，莫妍、徐淼、尤桃刚刚二十岁。尤桃比她俩大半岁，早一年师专毕业，先一步分配到同启小学。三个女孩子长得都水灵灵的，可谓春兰夏竹秋菊。但大家私下里认定，无论相貌还是家世，徐淼都要高出另两人一筹。徐淼的父亲是省法院某庭副庭长，莫妍的父亲是省政府某处一名科长，尤桃呢，从来不说父亲是做什么的，也很少提及自己家庭的其他情况。

三个女孩子在同一学年组，白天一起上课，晚上一起出去玩，不是去舞厅跳舞就是一起吃吃喝喝。一来二去地，学校的老师们就称她们仨是同启小学的"三朵花"。

三朵花在一起足足摽了三年，偶尔因某个帅哥争风吃醋，并不影响闺密大局。喝酒的时候，她们曾豪言壮语，说要做一辈子好朋友，男人算个屁，闺密才是最可靠的。

下班不再在一起玩，是从徐淼有了男朋友开始的。以徐淼的容貌和家世，按理说应该找个白马王子型的男人，谁承想，她偏偏爱上一个混混儿。混混儿经常因打架斗殴被片警找。可徐淼不知怎么偏偏喜欢他。用她自己的话讲，“我就是爱他，爱得死心塌地。”

徐淼的父母为此没少骂她，徐淼说啥也听不进去。莫妍有时候也骂她，说：“徐淼你怎么这么傻？那个混混儿哪点好，要学问没学问，要工作没工作，你再看他长的那样，怎么看怎么不像好人，你真瞎了眼！”可徐淼总是说：“莫妍，你不懂，你没见过他打架的样子，特男人。再说，他对我最好了，比我父母都好。”莫妍骂徐淼的时候，尤桃从来不言语，私下里却对徐淼说：“你别听莫妍的，她那是嫉妒你。爱情本该不顾一切，我都羡慕死你了。”

再后来，莫妍和尤桃也有了男朋友。莫妍挑来挑去，最后和高中同学谈起了恋爱。尤桃呢，找了一个比她大七岁的男人，长相不怎么样，家境殷实，是某小城的首富。

尤桃比徐淼和莫妍先一年评上一级教师。第二年评审一级教师，全校够资格的十六人，但只有七个名额。校党委决定，由全校老师匿名投票决定入选名单。徐淼和莫妍都在十六人名单中，都很紧张，怕自己落选。

投票那天，徐淼坐在莫妍的后面，尤桃坐在徐淼旁边。选票填好后，尤桃连同徐淼的票一起拿到手里，站了起来。这时，莫妍也站了起来，尤桃就把手里的选票都递给了莫妍。

徐淼看莫妍把票接了过去，心开始发慌。莫妍边往前走边打开选票，只见一张选票上只选了她和徐淼，而另一张选票上是徐淼和另外两个最没有实力入选的老师。

莫妍瞬间被悲愤填满了胸膛，感到血汩汩地往脑门上涌，强忍着没有回头打徐淼一个嘴巴。

从此，莫妍和徐淼再不往来。不久，尤桃的男朋友通过关系将尤桃借调到区政府。三朵花再没聚过一次。

徐淼和莫妍找了一家小酒馆坐了下来。开始，徐淼不说话，只一杯一杯喝酒。喝了大半瓶，莫妍终于忍不住，先开了口："徐淼，有事你就说吧。"

"莫妍，我们马上就退休了，有件事压在心里好多年，快要把我憋死了，今天无论如何我得跟你说说。"徐淼把杯里的酒一饮而尽，"当年评选一级教师，是我对不起你，到现在我还在后悔。其实就像结果那样，咱俩靠实力完全都能入选的，那时候我怎么就听了尤桃的话呢。"

莫妍一听徐淼说听了尤桃的话，瞳孔缩了缩："你说什么？你怎么是听了尤桃的话？"

"真的，莫妍，我本意是选咱俩的。投票前一天晚上，尤桃打电话跟我说，评上一级教师是一辈子大事，让我长点心眼儿，选那些没有竞争力的对手才对自己有利。所以我斗争来斗争去，就选了别人。莫妍，我对不起你！"

莫妍噌地站了起来："徐淼，那天我也接到了尤桃的电话，尤桃说她知道我人好，但我人好，不见得别人也好……"

两人对望着，都从对方的眼睛里感觉到对方说的是真话。莫妍颓然坐了下来："真没想到，事情竟然是这样……"

她们眼里都有了泪光，不约而同举起酒杯撞了下，把酒一饮而尽。

沉默好一会儿，莫妍拉住徐淼的手："算了，一切都过去了……都活着就好……"

邻居

“我实在受不了了！你到底去不去找？你要是不去，我就自己去。”妻子话音未落，啪啪声又从隔壁传来。王磊看了下手机，深夜一点二十三分。他搂住妻子，低声说：“媳妇，咱小点声，都是邻居，别影响别人，让别人听到多不好。”

“此局平。”

“听见没？听见没？这局平了，他还不一定要下几局呢。咱怕别人听到，他咋不怕咱听到？天天半夜跟电脑下棋，有病吧！前天我去早市买菜，一出门就看见隔壁那个人了，一个五十岁左右的老爷们儿，戴着一副眼镜，像个文化人，你说他咋就这么没教养。”王磊媳妇用手拍着床沿，越说越激动。

王磊赶紧抓住媳妇的手，捧到嘴边吹着气：“媳妇，咱不拍床沿，手多疼啊！本来就没睡好，明早起来手肿了咋办？我明天就找他去，他要废话我就削他，这行了吧？闭眼，闭眼……”

看着王磊捧着自己手的样子，王磊媳妇扑哧一笑，安静下来，声音也变低、变软了：“真不知道该笑还是该哭，就没见过像你这样的大好人！不过，咱这也不是无理取闹，这样下去确实受不了。”

隔壁的声音终于停了下来。王磊看媳妇睡着了，起身到客厅，点了支烟，望着缭绕的烟雾下了决心——隔壁的哥们儿，我必须找你要个说法了。

第二天晚上，王磊两口子刚吃饭，就听见砰的一声。

“老公，隔壁回来了，听见没，关门声……”

“我去找他。”王磊放下筷子站起身来。

“我也去。”

“你别去了，这事爷们儿去，你去干啥？”

“我跟你后面不说话还不行，我想知道他天天大半夜玩游戏那么大声，到底想干啥。”

一看媳妇说着说着又有点激动，王磊连忙说：“媳妇，别激动，你跟在我后面，别说话啊，要是他真不讲理，还有老公我呢。”

两口子敲了好半天房门，也没人来开门。

“老公，他是故意的吧？明明他已经回家了，敲这半天还不搭理我们。”王磊媳妇声音不禁高了两度。俗话说，泥人还有个土性呢，王磊的火也蹿了起来，使劲拍了几下门。

“谁啊？”门里高声大嗓地喊。

“老公，他啥意思？这么大声想吓唬谁啊？”

王磊瞪了媳妇一眼，媳妇闭上嘴。

“大哥，我是邻居，请开门。”

“谁啊……”屋里传来拖鞋的踢踏声和男人的自言自语，向门这边来了。

王磊暗想，这人智力不会有问题吧，明明说是邻居了，还问是谁。

门开了。汉子穿着一身家居服，瞪着一双大眼，满脸疑惑：“你们找谁？”

夫妻对望了一眼，王磊带着几分怒色说：“大哥，咱两口子是你邻居，有件事想跟你商量，你半夜玩游戏可不可以不那么大声？吵得我们实在睡不着。”

汉子有些茫然，指了指耳朵，脸色泛红，嗫嚅道：“不好意思，哥们儿你能不能大点声？我耳朵有问题，没太听清你刚才说什么。”

“你耳朵有问题别人耳朵也有问题啊？！你半夜玩游戏能不能戴耳机？我们还要睡觉呢。”王磊媳妇不管不顾地嚷了起来。

汉子一看王磊媳妇想吵架的样子，脸更红了。

这边王磊却回过身，用力拽住媳妇往家走，一边跟汉子说："大哥，没事了，别听娘儿们家家的话，你该咋玩咋玩。"

汉子看王磊拽着媳妇往家走，磕磕巴巴地喊："哥们儿……哥们儿……"还没等说完，那夫妻俩已经进了家门。

"你为啥不让我说完，他要是听不见半夜又玩游戏咋办？"王磊媳妇气哼哼地说道。

"媳妇，咱做人要厚道，你要是耳朵听不清会咋样？他平时肯定很害怕和人沟通，咱不能连这点娱乐也给人家剥夺了。咱家不是有棉球吗？晚上睡觉前把耳朵堵上。"

王磊媳妇听王磊这么一说，虽然不服，却也不再言语。

睡觉前王磊媳妇将棉球塞进耳朵，还是怎么也睡不着，索性把棉球拿了出来。一直到午夜，隔壁都很安静。

过了几天，王磊媳妇突然准备了一大桌子菜。王磊问她："不年不节的，做这么多好吃的干吗？"

"今天听社区干部说，隔壁那大哥原是消防员，前些年在一场爆炸事故中抢险被震聋了。多好的人啊！你快去，请他过来吃饭……"

穿越的鱼鲊

今天是农历二十八，转眼就要过年了。大清早，陶老太打发二儿子去镇上的大集采买年货。她头也不抬地忙了一上午，给前村的郭老太赶做裤子。

陶老太在十里八村是有名的勤快人，乡亲们提起她都竖大拇指。她生了两个儿子，丈夫去世的时候，大儿子念高二，小儿子念初三。陶老太为让两个儿子能继续读书，没黑没白地忙。那时家里有几亩地，都是她一个人侍弄。农闲的时候，还为邻里乡亲裁剪衣服、缝缝补补，贴补些家用。

两个儿子也真争气。大儿子以全县前十的成绩考取了省城的农学院水利系，毕业后分配到市水利局，去年当上了副局长。小儿子高中毕业后干了两年农活，开始做水产生意，获利颇丰。

大儿子一家已经三年没回来过年了。半月前大儿子打电话来，说二十九晚上能到家，但孩子还要补课，媳妇和孩子不能回来。

快中午的时候，家里来了客人。

"大妈，我是陶侃的好朋友。"来人自我介绍。

陶老太一听是大儿子的朋友，赶忙招呼："快请坐，我去泡茶。陶侃还没回来呢，你找他有什么事吗？"

"大妈，我不找他，我是专程来看望您的。"来人指了指放在门口的大箱子，"我第一次来，也没带什么礼物，这点鱼虾是我孝敬您老的。"

陶老太连忙说："我可不能收你的东西，赶紧拿回去吧。你来看我这老太太，我就很高兴了，一会儿留家吃饭，咱家老二就快回来了。"

"大妈，您一定要留下，这是陶局让我送来的。"来人也没坐，说完就告辞。

小儿子回来后，陶老太跟他念叨，说刚才有人送了一大箱东西来。小儿子拆开包装，仔细一看，对陶老太说："妈，咱家这次可真过个好年了。"

陶老太一听这话，凑过去看。

小儿子指着礼品箱上的图案说："妈，这是帝王蟹，这是黄金鲍，这是泰国东星斑……"

这些稀奇古怪的名字，陶老太闻所未闻，她左瞧瞧右看看，眉头皱了起来。

小儿子眉飞色舞地继续道："这箱子海产品，起码也值五千。我平时从不敢上这么贵的货，看来我哥这局长没白当。"

陶老太的眉头此时已经拧成了大疙瘩："快给你哥打电话，问问他咋回事，是不是他自己买的。"

小儿子拨通了他哥的电话，说了两句挂了，对陶老太说："我哥说了，不是他买的。"

陶老太一听不是大儿子买的，脸上的愠色更盛："你再给你哥打电话，让他回家时，带一坛鱼鲊回来。"

"妈，您可真是，有这么多好吃的，还吃啥腌鱼。"

"你别管，我让你打你就打。"

第二天晚上，陶侃回到家中，还没坐稳，陶老太就把他叫到里屋："小侃，我让你带的鱼鲊带来没？"

"妈，您吃我敢不买吗？要不我早到家了，为了买鱼鲊我上午跑了好几家超市。"说完，从包里拿出一坛鱼鲊放到桌上。

"小侃，你爸给你起这个名你知道为什么吧？"

"知道啊，"陶侃一看老妈的神情很凝重，也严肃起来，拉着老妈的手坐下，"我爸是希望我能像陶侃先祖一样，光宗耀祖。"

"你只知其一，不知其二。当年要不是你爸犯了错误，咱家也不会流落到这里定居。”陶老太说着说着眼泪掉了下来，“你爸其实是不希望你和弟弟当官的。”

陶老太将那坛鱼鲊拿在手里：“小侃啊，你弟跟妈说了，今天那人送来的礼盒值五千多，你可千万要给人家退回去。你还记得小时候妈给你讲的陶侃先祖给他母亲送鱼鲊的故事吗？我辛辛苦苦把你培养出来不容易，可不想你贪图便宜犯错误。”

陶侃从母亲凌乱的白发上择下一根线头，说道：“妈，您放心，我今年回家就是怕有人钻空子往您这儿送礼……”

逃城

爷爷给王守志起的小名叫顺溜，可他的人生真的不顺溜。

正午，王守志迈出北监狱的大门，阳光刺得他眯起眼。他打了辆出租车，来到长江街。记忆中的街道已不复当年的样子。要不是那几幢老旧的环保局家属楼还矗立着，他会怀疑自己迷路了。

十八年，足够把一些人和事逐出记忆，也足够将另一些人和事铭刻入骨。

十八年前，他二十七岁，在这条街上新建起的科技园里有个六米见方的小铺面，卖电脑和手机配件，兼修理。妻子是他中专同学，地道的城里人，很爱他，家务活一概不让他做，高兴了，晚上还给他打洗脚水。可唯有一点让顺溜憋屈，让他觉得婚姻根本就是一座扼杀爱情的监狱。

婚后，妻子把住了家庭的财政大权和话语权。他事事都得听媳妇的，稍有忤逆，妻子就会说："王守志，你别不是人，我爸妈当年那么反对，我都没屈服。你说，我哪件事不是为了这个家着想，你还不听我的，你对得起我吗？"这样的话重复了很多遍以后，顺溜不愿意再听了，干脆事事都随她。

雪冰是他的顾客，在科技园后面的大学读书。因为他帮她免费修了两次手机，雪冰每次来买东西都到他的铺面看看。一来二去，雪冰要是有几天不来，他的心就不踏实。

出事那天傍晚，他正要关铺面回家，雪冰来了，非要请他出去吃排档。她告诉他，她找到一份家教的活儿，以后就有钱了。他看着她脸上的细细绒毛在阳光下闪着光芒，心怦怦跳。

他给妻子打电话，撒谎说科技园的朋友过生日，晚上要庆祝。然后，他就和雪冰去到不远的海鲜排档。

那家排档的位置，如今已起了一幢三十多层的大厦，大厦三层有一家发廊——“魔法精致造型工作室”。他一开始没搞懂这个名称的意思，后来通过门前晾晒的毛巾和那些长发飘飘的美女广告，判断出这是一间理发店。

十八年前的那天，他和雪冰聊得开心，不知不觉就喝了六瓶冰镇啤酒。这时，一个身穿破烂棉袄的老头，捧着看不出原来颜色的搪瓷缸，佝偻着身子来到他和雪冰的桌前。他不知怎么就想起前年过世的爷爷，从大短裤的裤兜里摸出来一张五元的钞票，扔进搪瓷缸。雪冰的眼睛倏地亮了，用几乎听不见的声音说：“守志哥，你真是好人。”老头感激地对他俩鞠了几个躬，又往别的桌走去。

雪冰去卫生间的时候，顺溜又喝了两杯啤酒。正想着雪冰怎么还不回来，发现不远处有人打了起来。他听见雪冰的声音，站起身走过去，见人群中有几个光着膀子、满脸通红的小伙，其中胳膊上刺满花纹的一个拽着雪冰，另一个的手正往雪冰的脸上摸，乞讨的老头躺在地上捂着肚子。

“这几个小流氓太不像话了，不给钱拉倒呗，还踹老头，这小姑娘胆也够大的，管那闲事干吗。”一个穿着黑色T恤的中年人跟旁边的人说。

顺溜看到雪冰惊恐的眼神，看着躺在地上的老人，气往上涌，顺手抄起了旁边桌上的酒瓶子，冲着死拽着雪冰的小伙脑袋砸了过去。小伙被突如其来的瓶子砸蒙了，雪冰慌忙往顺溜身后躲。另一个小伙又拽住了雪冰，其他两个则向顺溜围了过来。只听哐的一声，顺溜把手里的酒瓶子往桌子上用力一磕，下一秒，破玻璃瓶锋利的碴口就扎进了小伙的脖子。

顺溜站在“魔法精致造型工作室”的门外往里看，其实他不知道要看什么，只是下意识想停在这儿片刻。头发染成蓝色的小姑娘站在门口，操着外地口音甜腻腻地招呼他：“大叔，剪头焗头？我们这儿的设计师一定会让您满意的。”

他摸了下脑袋，上月刚剃过的头发哪里用剪呢。可是他仍然问：“剪头多少钱？”

小姑娘眨了眨眼睛：“如果是普通设计师为您服务，剪头八十。”

“多少钱？”

“八十……”

顺溜能感觉到自己的瞳孔都张大了。八十，还是普通设计师？抢钱啊？！他强忍着没有喊出声，在小姑娘毫不掩饰的鄙视的目光中，转身离开了。

妻子知道他因为一个小姑娘杀了人，还没等他入狱就提出了离婚。雪冰倒是来看过他几次，后来也不来了。

在监狱最初几年，他恨世上所有的人。可是慢慢地，他开始忏悔，尤其看到父母白发日益增多，会想起被他杀死的小伙的父母。

这两年，他除了恨自己，再不恨任何人。

天很黑了，他站在通往家乡的火车站站台上，抬头看了看月亮，想起葛兰的《月光恋》。

他哼起了歌……

鼓舞

炕上三层厚厚的褥子和褥子上的竹凉席，都是特意为从城里逃到乡下的我铺的。即便这样，我仍然感觉这炕太硬，折腾了大半夜才睡着。

姑和姑父为我准备好早饭，就下地去干活了。我知道他俩很早就开始忙，可我装作没听见。太阳很高了，我不想起来，不想和任何人说话，嘴唇上的燎泡结痂又裂开，它时刻提醒我有一种痛还没痊愈。

砰！砰！咚！咚！毫无节奏感的鼓声从窗外传来。我用枕头蒙住头，想把这比收破烂的敲得还难听的声音挡在耳朵外，可是越想挡住，声音越大。我奋力将枕头甩了出去，噌地从炕上蹦起来，三步并作两步蹿到屋外。

我循着鼓声传来的方向奔过去，恨不得打破敲鼓人的脑袋。

鼓声竟是一个女孩敲出来的。她穿着一件宽大的、黑不溜秋的碎花麻长袍，坐在院门通往正房的过道上的一把椅子上。她面前摆着一张木方凳，方凳上的鼓不大，一尘不染的红色腰身格外扎眼，固定鼓面的铆钉在阳光下闪着刺眼的光。她上身挺得笔直，前倾，紧握鼓槌的双手皮肤粗糙。她手臂此起彼伏，上下舞动着，完全没注意到我已经来到面前。我迟疑下，但那难听的声音又钻进耳朵。

我大喊一声："别敲了，太难听了！"然后从女孩手里抢过鼓槌，狠狠地扔到地上。

女孩不知所措，满眼恐惧地看着我，双手紧握。我突然有些后悔，弯腰捡起地上的鼓槌，深吸一口气，轻声说道："我昨晚没睡好，想多睡会儿，你别敲了行吗？"

这时，屋里冲出一位大婶，怒气冲冲地问："你是谁啊，你欺负她干啥？！”

女孩惊恐地看着我的时候，我已经后悔，又被大婶如此质问，更觉脸上发烧。我对她说了我是谁，为什么要抢鼓槌。

“对不起，吵到你睡觉了。”大婶消了气，对我客气起来。

“该说对不起的是我。”我把鼓槌递到女孩手上。

“不让她敲了，”大婶叹口气，从女孩手里拿过鼓槌，“也没人教她，她敲得不好听。你回去睡吧，不会再影响你了。”

我上大学的时候曾经和同学组建过乐队，问：“她喜欢敲鼓咋不找人教？”

“这孩子小时候就爱听鼓声，出事后一直待在家里，少言寡语的。”大嫂怜爱地替孩子捋了捋头发，“去年，村里来了个演出队，那个敲鼓的大哥只有一只手，她也想像他那样。”

我这才发现女孩一直没有站起来，椅子一侧倚着一副拐杖。

我恨不得抽自己俩嘴巴，心里暗骂自己，你什么人哪！

我抓起鼓槌，在鼓上敲了几下，说：“叔叔教你！”

女孩看了看我，怯怯的，似乎不知道我要做什么。我将鼓槌塞进女孩手里，抓起她的手，有节奏地击打起来。

女孩笑了，那笑容是我所看到过的最灿烂的笑容。

快到中午，大婶留我吃午饭。我怕姑和姑父等我，推辞了。当我准备离开时，女孩突然拉住我的手，示意我等一下。接着，她拿出一个本子，翻开，写了几个字。那几个字歪歪扭扭。我看后，像有一根根钢针戳进心里。

第二天，我告别姑姑、姑父，登上回程的列车。我打开随身携带的笔记本电脑，将求职简历群发了出去，然后拿起手机，点开微信里置顶的头像，发了一条信息：“感谢我们曾经的拥有，祝你幸福。”

我再次将女孩给我的那张纸打开。上面写着：“叔叔，我的耳朵听不见声音，一定是吵到你了，你没怪我，还教我敲鼓，谢谢！”

乞丐的碗

这天杨曼和几个“咖”在一家不大不小的馆子里雅聚。

“雅聚”这词是从写作以后走进她字典的。聚就是聚，雅不雅，这个真不好说。人自称雅，固然可疑，说自己俗，却也有故作另类之嫌。世风如此。

今天这场雅聚是杨曼张罗的，不为雅，纯为聚。有朋自远方来，不尽地主之谊，说不过去，何况她也想去远方时有朋友尽地主之谊不是。

正觥筹交错间，手机铃声响起来。杨曼一看号码，外省的陌生号码，怕又是推销电话。

远方的友人看她犹豫，说：“小曼，咋不接电话？”

当地的友人说：“哪个男人打来的不敢接？”

杨曼干脆接听并按下免提键。

“请问您是杨曼老师吗？”传来礼貌而又温柔的女声。

“我是，您是哪位？”

“杨曼老师，恭喜您获得‘德玉杯’文学大赛二等奖。请问老师您能来领奖吗？”

“我获了二等奖？！”

“是的，恭喜您，您获得此次大赛的二等奖。请问您能来领奖吗？”

“不好意思啊，我是N市人，工作又很忙，实在不能去参加颁奖大会。请问，不能去领奖是不是就没有获奖资格了？”

“哦哦，没关系，不来您也一样获奖的。”

杨曼挂断电话，心中喜悦写在了脸上。在如今铺天盖地的赛事中，这个大赛规格还是可以的。且不说是数省作家协会联合承办的，那些个评委，可都是文坛赫赫有名的人物。杨曼根本就没想过获奖，不过是一时兴起。像她这样没门路的菜鸟，参赛来检验自己的创作水平似乎是唯一可行的。

一友举起了酒杯：“小曼，恭喜，获大奖了啊。奖金多少？”

“啥大奖，没奖金，奖品是价值五千元的翡翠。”杨曼强掩内心的激动，装作并不上心。

“我要是参加就好了。”一友也举起酒杯。

“也是，你要是参加，我还能获奖吗？”杨曼笑道。

“能啊，我获特等、一等，你二等。”

“多亏你没参加，你要参加恐怕二等我也获不上了。”杨曼知道对方的实力和名声，要参加恐怕真没自己的份儿。

“杨老师，您认识哪个评委呀？介绍我们认识认识呗。”另两人对望一眼，用溢出酸味的语气问道。

“我倒真想认识评委。”杨曼看着为了发表，参加各种学习班、各种送礼的二位打着哈哈 。

其实杨曼也不是不食人间烟火。只不过她认为为文一旦以名利为前提，文章自然就少了文气和骨气，写不写也就没了意义。她知道她个人想法不可强加于人。不过听到阴阳怪气的话，她还是有些生气。

第二天一整天，杨曼都在关注颁奖公告的消息。傍晚，微信传来嘀嘀声，一位友人发来链接，正是大赛获奖名单，自己的名字赫然在目。再往下看，消息结尾，很小的几行字：“获奖老师请于明日携带本人身份证参加颁奖典礼，否则视为自动放弃。”

杨曼感觉像吃了一只苍蝇。她想起去年为成为某刊签约作家四处拉票的事情来。那次朋友们为了她，花了好几千买“皇冠”。等她清醒，已追悔莫及。

此刻，一只讨饭碗在杨曼的眼前，晃晃悠悠地浮现出来……

城市之眼

那是一个潮湿的清晨。降雨在凌晨戛然而止。

我早早走出家门。路过人民路上耸立的“城市之眼”雕塑，我的目光从下面草坪扫过，看见几张叠成四折的百元钞票安静地躺在草丛中。我怀疑自己看错了，停下来揉了揉眼睛。没错。那几张钞票受水汽浸润变软，“100”上有一块明显的脏渍。

身穿橘黄色环卫服的男人拿着扫帚，一下下扫着人行道上的枯叶和零碎的垃圾，像电影的慢镜头从草坪旁边走过。身穿白色明星同款T恤、破洞牛仔裤的小姑娘，举着手机叽叽喳喳地说着话，带着股好闻的玫瑰花香与我擦肩而过。

我走近那几张钞票，左右看看，确定没人注意我，假装蹲下身系鞋带，快速将钞票捡起来，为确定它的厚度还用力攥了一下。

我的心扑通扑通跳着，紧走几步，背对马路坐到一张石桌旁。将手里的钞票打开，数了数，四张。再数，确定是四张。捻出一张向着阳光端详，怎么看也不像假币。今天走了什么狗屎运，四百元啊，等于我八天的工资。我将钞票对折，装进裤兜，和自己仅有的一百零六元钱放在一起，用手按了按，直奔不远处的小卖店。

一进小卖店，我就掏出一张捡来的百元大钞，大声喊道：“老板，给我拿包软红梅。”我紧紧盯着老板接过钞票的手，看他将钞票塞入验钞机。老板看都没看我一眼，将一包软红梅及找头递给我。我接过，哼着小曲走了出去。

第二天上班的时候，本可以由胜利路直行，我却依旧拐到人民路上。就在昨天捡钱的地方，一位老太太右手拿着根木棍扫着草丛，在找什么。

环卫工人拄着扫帚，对老太太说：“大姐，别找了，都一天了，早被人捡走了。”

我明白她在找什么，脸腾一下红了，转身向停在路边的电动车快步走去。走了几步忍不住回头看，老太太佝偻着腰站在那儿，嘴里嘟囔着什么。我下意识地将手伸进裤兜，但脑中浮现昨夜儿子看到新书包的兴奋场景，使那只手停留在裤兜中，攥住了剩下的钱。

连续两夜，我都没有睡好，一闭眼就是老太太花白的头发和焦急的神情。

我怀揣着借到的钱，再一次拐上人民路。可是哪里还有老太太的踪影。

铜浮雕“城市之眼”巨人般屹立在那儿，在朝阳下闪着光。褐色的框架里镶嵌着黑色的眼睛。以前我从来没留意过它。但此刻，我真真切切感受到它逼视而来的剑一样的目光。

一件小事

傍晚，大雨如注，前方车流在雨刮器的摆动中缓慢前行。

视线前方，一块白色塑料布在灰蒙蒙的雨幕中飘浮，片刻，落在路中央，一动不动。我心里不由得骂现在的人素质真差，到处扔垃圾。及近，才看出那是一条拖着伤腿过马路的小狗。它早已被雨水浇透，川流不息的车轮溅起的泥水，肆无忌惮地、劈头盖脸地猛攻它脏兮兮的小身子。它蹒跚地躲过一个个险境。显然，它被车辆撞伤了。车流还阻断了它的求生之路。

开到它面前的当口，我打方向盘，往它移动的相反方向躲去。那一瞬间，它滴着水的白色毛发、略微颤抖的身体、惊惶不安的目光，全落在我眼里。我想刹车，但我不能，身后还有无数疾驰而来的车辆。一想到就要下课的女儿，我也不再寻找可以停车的地方。

回来的路上，我对女儿讲了刚才所见。我们不安地望着前方，我希望看不到它。可还是看到了：那白色的小狗，被雨水淋透了的小狗，被疾驰的车辆撞伤了腿的小狗，已变成路面上扁扁的一小片，血水被无情的雨冲刷得一滴不剩。

我的胃开始翻滚，眼睛也似被雨水蒙住。混乱中脑中闪现另一幅画面，令我心愈发疼痛。

那是十几年前的事，我还没有结婚，一条金毛犬与我相依为命。它虽然是一条公犬，但我仍然执拗地给它起了薇薇这个名字。薇薇懂事、黏人。我俩同吃同住，我和它说过的话比和任何人类说过的都多。它听着我唠叨，把大脑袋贴在我身体的某个部位，不时用那双含情脉脉、专注的大眼睛看我一眼。

那天，我喝了酒，它和以往一样，坐着我那辆半新不旧的桑塔纳。我将车停在路边去超市买水，遇到了一个熟人，昏天黑地地聊了好一会儿，等我出来的时候，看见薇薇正追着一辆和我的车很像的破桑塔纳，那是一条没有红绿灯的小路，薇薇被一辆疾驰的货车卷进车轮。

“爸爸，它太可怜了，你刚才为什么不把它抱回家？”女儿稚嫩的声音响起，我的喉咙却像被谁扼住，发不出一点声音。

这只是人世间一件微若尘埃的小事。

晚上，我梦见了我儿时生活的村庄。天蓝蓝的，没有一丝云，荷塘里光着屁股的孩子们将荷叶顶在头顶笑闹着。那条白色的小狗和我的薇薇肩并肩，慢悠悠地走在村庄的土路上……

下辑　穿越时空

孔雀眼

1944年8月的一个傍晚，斜阳给上海卢湾区蔓楼兰旗袍店满屋的绫罗绸缎蒙上一层淡淡的光晕。裁缝王师傅正给一位太太量身，突然，他的手停下来，太太刚想开腔骂裁缝揩她的油，就发现旁边帮其他客人试旗袍的小伙计也停了下来，就连那位女客也睁大了眼睛。太太转过身去，发现门口站着一个女人。

真让人嫉妒啊，怎么会有如此曼妙的女人！长长的波浪鬈发斜披于肩头，一身紫色香云纱旗袍，勾勒出难描难画的玲珑曲线，既不能多一分，也不能减一分，颈、胸、腰、臀，无不恰到好处。这样的女人本应该让同性妒火中烧的，可是她无一点修饰的面容，眸子里满盛的忧伤，嘴边淡淡、涩涩的微笑，无端地激起人的母性，激起怜爱。

"赵小姐，您来了。小猛，"裁缝师傅大声喊伙计，"快给赵小姐泡壶铁观音。赵小姐，您坐，我这儿还有个客人……"

小猛泡茶去了，步子有些凌乱。赵韵凝微笑着和店里所有的人点头致意，然后走到角落的茶台前，静静地坐下，目光望向窗外。

小猛将茶端到她面前，走开，眼睛却一刻不停地瞄着她。赵韵凝对小猛笑笑，轻啜一口茶，继续看窗外。

王师傅却放慢了为太太量身的速度，有一搭无一搭与太太聊起她身居要职的丈夫。聊到那供职军需处的丈夫近日外出未归，不易察觉地递给赵韵凝一个眼色，赵韵凝则似神游物外，并无反应。

送走太太，王师傅问："赵小姐，您这次想做哪款？"

赵韵凝笑笑："王师傅，这次我带了料子来，并且自己设计了款式。不限时间，只要能按我的设计把旗袍做出来，一定重谢。"

说罢，取出一块深紫色重磅真丝，又摸出一粒深蓝色宝石。那粒宝石在余晖照耀下，给人质朴、神秘之感。她随即又拿出一张设计稿，稿上的旗袍胸前绣一只将头埋于左肩的孔雀，孔雀眼的位置正是心房。孔雀栩栩如生，呼之欲出。设计俏皮而又有礼服的雍容端庄。

王师傅惊叹不已。这已经不是一款旗袍，而是真正的艺术品。

赵韵凝拿出五十块大洋："这件旗袍我不着急取，可能会存在这儿很久，这五十块大洋既是定金也是保管费用。如果我不来，有人拿着我手上这枚祖母绿戒指来取，您也可以给他。拜托王师傅了。"

赵韵凝走出旗袍店，走向等在外面的一辆轿车，远远地，两名壮汉恭谨地打开了车门。

从赵韵凝走出店门的一刻起，小猛眼神黯淡下来。王师傅笑着用皮尺轻抽小猛的脑袋："别妄想了，她可是百乐门最红的歌女，你知道包养她的是什么人？法租界总巡捕！听说她把那个什么日军司令也迷得神魂颠倒。人家伸个小手指，就能让你魂飞魄散。"

小猛说："师父，赵小姐可不是坏人。您看她从来都是客客气气的。我就是愿意看她，跟仙女一样。"

王师傅用两个月的时间将孔雀旗袍缝制完毕，可赵韵凝一直没有来取。这件美轮美奂的旗袍成了蔓楼兰的镇店之宝，无数名媛哀求王师傅照样做一件，都被他拒绝。王师傅一直觉得这件旗袍像附了赵韵凝的灵魂，那蓝宝石孔雀眼像极了她的眼神，哀伤而坚定。

不久，王师傅听说赵韵凝不在百乐门了，不知去了哪里。

"八一五"那天，上海人差不多都上街了，汇成庆祝抗战胜利的海洋。王师傅端详孔雀旗袍，觉得孔雀眼比以往任何时候都明亮。他不禁慨叹，这孔雀真通了灵不成。

过了几天，赵韵凝突然来到店里。她穿上那件自己精心设计的孔雀旗袍，孔雀眼竟似活了一般。可惜的是竟然肥了一圈。赵韵凝只好让王师傅收收腰，并说过几天来取。

结果这一放又是四年。一天，一个帅气的小伙子拿着祖母绿戒指取走了孔雀旗袍。

市政府正式成立那天，王师傅看见赵韵凝端坐主席台后，然而并未穿那件旗袍。王师傅心里惋惜。

不知多少年后一个寒冷的冬夜，王师傅家来了一位不速之客，将那件旗袍交到他手上。这件曾经迷倒无数名媛淑女的孔雀旗袍不复当年，孔雀眼已经不见，孔雀的羽毛似被无数只脚踩过，凌乱不堪。那人含着热泪对他说，这是一个女人托他送来保存的……

冬日

三九。久不见落雪。屋前枯树的树干满布一块块大小不等的龟裂。天色昏黄，混混沌沌，时有寒鸦盘旋哀鸣。

屋内炉火很旺，一只土狗蜷缩在炉边，舔着脚上的毛，不时瞥一眼倚在床头看书的男人。男人神情专注，似乎书页里是他的爱人。离床不远有一张很大的书桌，桌上堆满摊开的书。一位年轻的女人伏案写着什么，笔尖在纸上划出沙沙声。

男人的眼睛终于离开书本，看向女人。女人面色微红，时而蹙起黛眉，时而咬住笔尖，拨动着男人的心弦。他将一片枯叶夹在书中，起身往炉子里添了些柴火，渐旺的炉火将女人的面色映得愈加绯红。

女人沉浸在思索中，浑然不知男人走近自己，也不知散落在两腮的发丝撩拨了一颗灵魂，更不知一只手曾经伸过来，又缩了回去。

炉火毕剥，小火花此起彼伏地绽开。土狗低低呜咽了一声，似在警告男人。

男人与狗四目相交，交换过意见后，男人回到床边。女人恰在这时抬起头："先生，您对明神宗怎么看？"

男人一怔，道："万历前期，神宗在张居正辅佐下励精图治，力求节俭，可谓是勤勉的明君，可后来他对张居正的清算也不可谓不狠毒，后期三十年不理朝政，实在不能算个好皇帝……"

女人静静听着，不经意间把散乱的发丝掠到耳后。男人喉结动了动，凝神看着女人的动作。

女人红了脸，把目光移向书本，手指在书页上轻轻地划来划去："弟……弟子对他倒是有……与先生不同的理解呢。"

男人温和地笑了："且说来听听。"

女人小心瞟男人一眼，垂下头："这几天学生一直研读史料，有几点百思不得其解。试问，若明神宗果真三十年不理朝政，那么三大战役如何能胜利？《金瓶梅》的诞生和万历朝思想解放有没有关系？殿试上神宗出题'无为而治'，何解？据《实录》记载，神宗说'钱粮逋欠，原非小民，尽是势豪奸猾影射侵欺，以致亏损常赋'，可说洞若观火，实难想象他会是昏庸之人。"

女人声音很低，所提问题却掷地有声，男人心中不禁赞叹：小丫头长大了！

女人看着男人。

男人沉默着，眼前浮现出两张男人的面孔，那是两张洋溢着青春和热情的脸。

女人不知男人心里在想什么，有些惶然，疑心自己说错话，引得先生不满。

炉边的土狗站起身，摇着小尾巴来到女人的脚下，用它的头在裤管上蹭。女人俯下身摸了摸它的脑袋。

男人想起神宗一生钟爱的郑妃，那个不把神宗当皇帝而是当男人的女人。

男人来到女人身旁，与她的面孔几乎一纸之隔。

女人感觉到男人异常的心跳，呼吸不由得急促起来，脸上的绯红更加浓烈。她不敢抬头看自己视若父亲的先生，与先生有关的梦境是她的秘密，只能在无人的时候独自回味。

女人急促的呼吸声，像一只轻叩心门的手，催促着男人伸出右臂将她揽进怀中。

女人在男人怀里，在那双手掌的爱抚下眩晕起来。泪水不争气地汩汩流出，濡湿了她的衣裳，也濡湿了男人的衣裳。她紧闭着眼睛，轻轻地唤了声：“妈妈……”

男人顿住了。

屋子里冷下来。土狗又回到炉子旁卧下，用炉火的余温暖着身体。男人揩去女人的泪珠，也扯断了两人眼中纠缠的丝线。

北风不再呼啸，世界静止了。

女人睁开眼睛，眼眸里是宁静清亮的蓝。她将头倚在男人的肩上，仿若鹅毛。

土狗呜呜地哼了两声，已暗下去的炉眼中，火光乍闪即逝。枯树上栖息的寒鸦不知去向，雪花从天空中飘落下来。

射雕

公元1227年农历六月的一个傍晚，西夏中兴府郊外百里，如血残阳笼罩着无边无际的荒漠，漫漫黄沙半掩着一具具尸体。偶有行人艰难跋涉而过。

一位六旬老翁搀扶着一个年轻女子，两人蹒跚而行。那女子身着青色麻衣、青色云云鞋，腰间的花围腰几乎被隆起的腹部撑破。

“爹，我实在走不动了，浑身像散了架，肚子疼得厉害。”女子呜咽。

话音未落，老翁突然倒地。

“爹……”女子费力地蹲下，一只手抱着腹部，另一只手去推老翁。老翁一动不动，女子仔细一看，老父未闭上的双眼瞳仁已散。

女子大哭起来：“爹，你醒醒啊……醒醒啊……你怎么能丢下我不管……我们好不容易逃出中兴府，这才走出百里，你就……我该怎么办啊……”

天空中几只大鸟喳喳地叫着，盘旋着。

一只硕大无比、紫金羽毛的金雕俯冲下来，用利爪撕开不远处一具死尸的皮肉，大口啄食起来。

老父猝死的刺激让女子阵痛起来，她痛苦地呻吟了几声，昏了过去。

不远处，两骑骏马并肩而立，马上之人强弓在身，马鞍一侧悬挂箭囊。其中一人高大健壮，前额宽阔，额下一双猫眼，颌下长须。他的箭囊内插着三支长箭。另一人则态度恭顺。

“大汗近日身体欠安，却召唤属下与您潜行百里来到这荒野，怕是有要事吩咐。”

大汗正是孛儿只斤·铁木真。

成吉思汗第四次率部亲征，蒙古铁骑第六次突入贺兰山阙，迅速攻陷了积石州、西宁等地，并驻军六盘山，围困中兴府达半年之久。此时，中兴府刚刚发生过地动，瘟疫流行。

铁木真旧伤复发，感觉身体每况愈下，虽不相信自己英雄一世，会在西夏这鬼地方死去，但不得不有所准备。

今日晚饭后，铁木真觉得精神较佳，唤出大将军察罕，带他出了军营，来至这大漠边缘。

铁木真眼看金雕的利爪将尸体的腹部撕开，又听得党项女子凄惨的呻吟，猫眼里光影变幻。他望着上空盘旋的金雕久久不发一语，似乎茫茫大漠、遍地尸骸都不曾望进眼里。

金雕又一次从天空俯冲下来，用其利爪抓向一具尸体。此时铁木真眼中精光乍现。

“察罕，想我铁木真戎马一生，如今沉疴不愈，恐不久于人世。西夏人反复无常，此心腹大患不除，我心难安……若我离世，不得发丧，待李晛开城投降，屠城以绝后患……”

几声清亮的婴儿啼哭刺破天际，金雕被惊得猛然高飞。

铁木真听得婴儿啼哭，眼中现出一抹柔和，一声轻叹。

年轻女子深情地望了婴儿一眼，永远闭上了眼睛。婴儿则吮吸着小手。

金雕被血腥吸引，向地面盘旋而来。

铁木真迅速弯弓搭箭，嗖——但见长箭直奔金雕而去。一箭未中，第二支紧跟着射出，破空之声未落，金雕轰然坠地。铁木真一口鲜血喷出，察罕伸手去扶。

铁木真一手捂胸，一手轻摇，又向婴儿方向指了指。察罕迟疑一下，催马而去，未几，怀抱婴儿、手提大雕驰回。

两骑绝尘而去……

半月后，成吉思汗溘然长逝。西夏末帝李晛打开城门投降，托雷依父王遗嘱，将其杀死。察罕则尽力使中兴府免于屠城，军民得以保全。西夏亡。

断头酒

明万历十年初冬，明神宗勾决一批死囚。

明日午时问斩。金书望着眼前这壶断头酒，心情异常平静。明天，他终于可以解脱了，终于可以离开这个丑陋的世界了。

刚才狱卒送断头饭的时候，脸上破天荒地有了点笑容。狱卒把饭菜还有一壶酒放在小桌上，张了张嘴，想说点什么，可看见金书的眼神，又把话咽回去，默默离开了这间虎头牢。

金书喝了一口酒，瞬间到达喉咙的热让死灰般的脸有了一抹生气，肩上的枷锁也似变轻。从颈到膝挂着块辨不出本来颜色的布，半拃宽，上面写着他的罪行：奸淫妇女五人，杀害三人。

金书又喝一口酒，盯着墙壁上的爬虫，眼泪掉了下来。双亲在他十五岁前相继去世，他靠着家里的一点薄田艰难度日，受尽欺凌。虽然长了一副好面容，但家贫，又内向少言，同龄的男孩都娶妻生子了，还没有媒人给他提亲。十八岁那年，他看上邻村一个叫杏花的女子，央了媒婆去提亲，杏花家人倒没反对，只是彩礼要得难以承受。为了能尽快筹足彩礼，他离开石家庄，去顺天府讨生活。

等金书拿着在铁匠铺辛辛苦苦一年攒下的血汗钱，兴冲冲赶回石家庄，杏花的父母竟然早在半年前就把女儿嫁给县丞做了小妾。

他多次拿着刀在县丞家门外徘徊，最后却什么也没有做。

回顺天府的路上，金书路过一片玉米地。前面出现一位孤身赶路的姑娘，背影与杏花极为相似。他突地涌上一股邪恶欲火，从后面死死抱住姑娘，将姑娘拖到苞米地深处强奸了她。姑娘的指甲抓破他的肩头，他丝毫没觉得疼。他舔了舔干裂的嘴唇，感到满足。

三年内他作案五起，其中三起受害人被他残忍地杀害。

一壶酒喝了大半，墙壁上的爬虫在他眼里模糊起来。抓捕他归案的那个叫郑毅的捕头，在半空中面无表情地看着他。不知道为什么，他一点不恨那捕头，甚至对捕头无端地有种亲切感，他总算可以不被无法遏制的恶念和尚未泯灭的良知撕扯了。

知县升堂的时候，没等用刑，他便如竹筒倒豆子般供述了所有罪行。那一刻，他浑身轻松。可随之而来的不是他所想的秋后问斩，而是十年的死囚生活和无休止的审讯拷问。

“你们为什么不让我承担自己的罪行，为什么非让我说只杀害了两名女子呢？”他不止一次地问县令和县丞。即使在提刑按察使司的大堂上被各种酷刑折磨，即使某官承诺他如果翻供就可以免于死刑，他仍坚持原供，强奸五人，杀害三人！

听一个狱卒说，郑毅早已被知县赶出县衙。郑毅抓了他之后，暴露出一起冤案：金书杀害的一名女子，府衙误将名叫申渊的二十岁男子当成凶手，申渊在案发当年就被处决。郑毅将此冤案层层上报，并联合其他有良知的捕头和知县、县丞，推动翻案，因为这些人一而再，再而三的坚持，刑部终于立了案。

金书这才知道多次给他换监狱及不择手段威逼利诱他翻供的原因。

喝罢壶中最后一滴酒，他看见牛头马面拘了他的魂魄而去。阎罗殿前，被他奸杀的女人们抓破了他的脸。众多的不知是什么恶鬼的狰狞面孔蜂拥着向他扑来。唯一一张友善的面庞是申渊。

第二天，金书等待着被押赴刑场。他想象着观看行刑的人，想象着自己冲行刑官吐唾沫。可谁知过了行刑的时间，他仍在虎头牢里。

昨夜的空酒壶躺在角落里，沉默无声。

无字碑前

无字碑上空回荡着明神宗朱翊钧内心的呐喊：我虽为帝，却不如寻常百姓，可以爱真心相爱的女人，可以疼挚爱的幼子。我是什么？我无非帝国大船上一个尊贵的乘客罢了，我无非言官嘴里泼骂千遍的庸帝罢了。

万历十二年是暗潮涌动的一年，这一年，神宗定张居正“专权乱政，罔上负恩，谋国不忠”之罪，张居正一家从八十岁老母到稚龄孙儿，饿死的饿死，流放的流放，下场凄惨；这一年，神宗颁旨修建陵寝，早早开始筹划身后之事。两年后，神宗在殿试之时以“无为而治”为题，令朝野哗然。

北京的八月，绿意葱茏中泛出一些黄，碧空下树叶被雨水冲洗得格外干净。昨日雨下了整整一天，神宗的腿疼痛钻心，即便这样，他仍坚持处理完一百八十五道奏折。可这一百八十五道奏折，竟无几道真关乎朝政。神宗强忍疼痛退了朝，并晓谕百官次日免朝。

自从清算张居正，言官以吹毛求疵为己任，立论唯恐不偏激，言辞唯恐不夸张，诋毁之风蔓延到了难以遏制的程度，更有沽名卖直者，公开谩骂他，说他以身体不好为由，懈怠朝政，淫乱宫闱。昨天晚上，郑爱妃揪着他的胡须，取笑他性格软弱，像个老太太，任由那些言官胡说八道，不加惩戒。想起郑贵妃娇憨的样子，神宗不禁莞尔。

昨夜，他梦见满口牙都掉了。

用罢早膳，神宗去往李太后的寝宫，给母亲请安。见母亲精气神俱佳，放下心来。于是命太监传旨，今日视察陵寝。

沿青石板铺就的宽阔路面前行，经七孔桥、三孔桥和金水桥，神宗来至无字碑前。无字碑高大巍峨，螭首龟趺，通体光洁。太阳光由碑面折射，刺得神宗不由闭上眼睛。这一刻，山静、风静、树静、人静，唯鸟儿不识趣地喳喳鸣叫。

旁边的侍卫、太监，见神宗始终不发一语，都不敢打扰，甚至不敢上前为之遮阳。

面对无字碑，与张居正相关种种涌上心头。虽然恨他，恨他竟然欺骗自己十年，神宗又不得不承认对他充满了感情。张居正死后，无数的夜晚，神宗不能成眠。

怎么能不想他呢？自己十岁登基，是张先生推行一条鞭法、考成法，十年间就奠定了万历朝的根基。没有张先生，就没有神宗的今天。可功劳再大，就可以欺君罔上，无视君威吗！那年神宗向户部索要十万金，以备后宫御膳之用，张先生竟呵斥他："一旦四方有水旱灾害，边境有意外之变，何以给之？必应节省一切无益之资。"可张先生自己呢？送"大伴"的礼金就有十万金。更有那难以启齿、如鲠在喉之事：母后坚持让张先生辅政到自己三十岁，坊间那些关于张先生与母后的传闻会不会是真的？如此种种，即便于心不忍，神宗绝不后悔清算张居正。

太阳往西踱去，太监终于忍不住问道："皇上，可是觉得这无字碑不合于心？"

神宗摇了摇头，许久，发出一声长叹，命起驾回宫。

从此，神宗不郊不庙不朝，与外廷隔绝三十年。

万历四十八年七月，神宗自感时日无多，强忍病痛，再次来到无字碑前。此时的他已不能站立，斜卧龙辇之上。他面沉似水，心潮翻涌。想自己一生博览群书，以"无为而治"为教化根本。在位这四十八年，寻常百姓每日赚得二三十文，就可维系全家生计，夜晚还能呷些烧酒，醉醺醺说笑唱歌，民间富庶岂他朝可比？而宁夏之役、播州之役等，扬国威于四方。自己作为帝王，无愧于百官，无愧于百姓。可作为一个人，自己愧对家庭，愧对郑妃这个唯一知他疼他的女人！十五年国本之争，自己最终完败，不敌母后和大臣们攻势，立都人之子为太子。母后去世一个月，爱儿常洵赴洛阳就藩，临行那日，天空阴沉，有零星雪粒落下，冷风自塞外吹来，使人瑟瑟发抖。常洵进轿启程，两鬓斑白的神宗以袖遮脸，泪流满面。

无字碑静静地立在那里，神宗内心发出撕心裂肺的呐喊，满山苍翠，无一点回声……

神宗临死紧紧抓着郑妃的手，终于做下最想做的一件事：立下遗诏，以郑妃为皇后。

后记：1958 年，定陵地宫开启。神宗骨骸取帝王葬式“七星北斗式”，与释迦牟尼圆寂姿势类似。但他身侧的两具遗骸中，并没有那个把他当成人的女人。

谁的头留下了

经过一年多艰苦卓绝的战斗，X 国大军终于攻进 Y 国的都城。有大臣献策于 X 国国王，以尽快服众。X 国国王欣然采纳。

Y 国四位德高望重的大臣分别被关进大牢四间单独的牢房。牢房内除了笔墨，别无他物。由献策大臣向四人放话：明日午时，你们只有一个人能活下来。

当夜，A 大臣伏案疾书，痛斥 Y 国国君不仁不义，挑起战争，置两国人民于水深火热，写毕将笔折断，撞墙自尽，未遂；B 大臣徘徊良久，写了一封悔过书，表示愿为新国王牵马坠镫；C 大臣跪坐于案前，一会儿仰天长叹，一会儿泪流满面，黎明前，给父母妻儿留下一封洋洋万言的满是泪痕的遗书；D 大臣和衣而卧，酣然入睡，只字未写。

第二天，献策大臣见 D 大臣只上交一张白纸，不禁问他："你今天就要被砍头了，难道没有什么遗言吗？"

D 大臣笑了笑："朝代更替，我今日未必不是你明日，有何可言？至于亲情，只在心中，虽万字不能表。"

四大臣被押赴刑场，一声"午时三刻已到"，三颗人头落地……

今夜的月亮大又圆

我从来没想过我会这么死！

子弹射进身体的刹那，我清晰地听见它在我胸膛里的爆炸声。哦，对了，还听到身侧激烈的枪声和我掩护的人的惊呼。它们所包含的意思很复杂，当我感受到，我已经倒下了。

我用身体掩护的这个人是地下党，我原是去杀他的，他是我的敌人。

收到情报，长江路一所民宅有电台活动。我立刻将手枪塞入腋下，又将一把精巧的匕首绑在左大腿外侧，然后披上一件宽大的风衣，扣上鸭舌帽，戴上墨镜，跨进夜色之中。

我是个狗特务。两年前，日本人还没占领这座小城，在审讯地下党时，他们就是这么骂我的。我毫不介意。为什么要介意，他们又何尝不是特务！都是搞情报的，各为其主罢了。

月亮周围氤氲着极淡的黄色光晕，衬得月亮又大又圆。很久没有这么亮、这么圆的月亮了。

街上空无一人。自从日本人占领这里，就很难在夜晚的街道上看到行人，连猫都躲起来了。偶尔有猫叫，招魂般瘆人。

月光下，我的影子一摆一摆急匆匆地跟在我身后。

刚到小巷口，就听到小巷深处传来枪声。我立刻隐身到暗处。

一个人跑了过来，我立刻认出了他。我审过这个家伙。他的骨头很硬，给他上了所有的刑，也没招供。他怎么在这儿出现了？军统二科那帮人真是废物！

我掏出枪，瞄准了他。

突然，我听到他身后有人用日语叫喊“站住”。

远远地，三个日本兵追来，其中一个端起了枪。

我来不及细想，枪口掉转，向举枪的日本兵扣动了扳机。这时，另两个日本兵也同时向他射出了子弹。

我一个箭步冲了出去……

墨镜和帽子在倒下的瞬间飞了出去。

夜空上那轮月亮，在我的眼中，越来越大，越来越圆……

湮没的弦歌

1937年初冬。她从镇子的西头袅袅婷婷走来。那是个淫雨霏霏的日子，雨丝细若牛毛。她二十三四岁模样，外披浅灰色羊毛大衣，内穿素雅的藕荷色旗袍，拎一只泛黄的藤箱。她是那么瘦弱，仿佛一阵风就能刮走。她身后跟着一个四十岁左右的男人，身材高大，腰杆挺直，双手各拎一只沉重的包裹。

他俩在汪家老宅住下，自此这老宅热闹起来。白天晚上，阁楼的窗户里总传出乐声，门前常泊有汽车。我听不懂那些乐曲，只觉得好听，偶尔令人心酸。

女人经常走出院子，拿些糖果给不远处大槐树下玩耍的孩子们，或者喂喂流浪的小猫小狗。她眼角和嘴角挂着浅浅的笑意。感觉到别人窥视的目光，她悄然一笑，扭身闪进宅子。

那时我十七岁，在大通理发店当学徒。汪家老宅就在理发店对过。

到店里来理发的客人，议论最多的就是这户人家。有的说，别看这女人长得文文弱弱的，实际是那种女人；有的说，别听人胡咧咧，她是从东北逃难来的大家闺秀，弹的是古筝；有的说，她家的客人很杂，有帮会的、军队的、经商的、教书的，还有日本人；有的说，跟她来的那个男人是家仆，又聋又哑。

有几次在深夜，我被咿咿呀呀的声音吵醒。开条窗缝往外看，看见家仆拎着某个男人的衣领扔出大门外。我还看到过他半夜悄悄离开，一二日后返回。他不在的时候，汪宅大门紧闭。

转眼到了春天，日本人占领了古镇。镇西头的俱乐部里，经常传出令人毛骨悚然的号叫和淫荡的大笑。

汪宅的客人明显少了，女人也很少走出院子。来店里理发的客人少得可怜，我有大把时间可以坐在店门口望天。我有时瞧见她从门缝偷偷观察外面。

一天晚上，天气闷热得让人直从心里长出草来。汪家老宅窗户里又传出让人心酸的乐声。我倚在大槐树下，闭上眼睛。眼前浮现她艳若桃李的红唇。乐声突然停了。过了好一会儿，家仆背着一只包裹出来，匆匆地往镇外方向走去。

他这回走，好些天都没见回来。

半夜，我一觉醒来，心里没来由感觉很不踏实，索性披上外衣走出店门。没走几步，差点撞上胡乱披着军服的日本军官。我赶紧躲到一旁，日本军官含混不清地骂骂咧咧，走远了。

我陡然看见汪家老宅大门开着，听到从里面传来女人的哭声。我闯了进去。

阁楼上，女人头发散乱，衣冠不整，斜靠在床头。一张雕花古筝躺在离床一米的地上。

她噌地站了进来，瞪大眼睛，惊恐地看着我。

我不敢往前再走一步。

我俩就这样怔怔站了好久。女人突然匆匆走到书桌前，拿起毛笔，在一张纸上写下一串数字，拿起走到我面前。

我看她的嘴唇动了几动，却没听清说了什么。

她提高点声音:“小兄弟，我可以求你件事吗？我现在只能求你了！”眼神里充满了祈求。

我答道：“姐，你说，什么事我都答应你！”

她把那张纸递给我，蹲下身撬起一块地板，从里面取出一枚缺牙儿的大洋，也递给我，然后用力攥住我拿着纸条和大洋的手，在我耳边说了一段话。

"记住了吗？你重复两遍。"她紧张地看着我。

她让我做的事我很害怕，有些后悔答应她，但一看到她的眼睛，我就禁不住心软了。

我将她的话重复了两遍。她重重点点头，微微笑了。

我转身往外走，她拽住我，把一个吻印在我的面颊上……

走出院外，我身后又响起古筝琴音，异常苍凉。

两年后，我遇到了家仆。我们都穿着军装。他拍拍我的肩膀，用力地握住我的手："香凝在你带出来的情报里简单说了你的情况……小伙子，欢迎加入队伍！"

他的眼睛蒙上一层水雾："我没有保护好她……香凝是从东北逃难过来的大学生，还没有完成训练，因为有紧急任务，皖南地委派她来协助我。那份情报，为我们击溃驻扎古镇的日军，起到了至关重要的作用，我们永远不会忘记她！"

那天，我才知道香凝在我走后，用床单自缢了。

又过了很久，我才知道香凝在我走出院门后弹奏的曲子是《十面埋伏》。

悦青客栈

雪一直下。北风呼啸着，漫天的雪花被风裹挟，吞下路上来往的行人。

中共满洲省委特派员老王和两名战士，头顶狗皮帽子，身穿厚厚的土布棉袄，脚蹬絮着厚厚的乌拉草的棉布鞋，在大雪中急匆匆走着。他们必须在天黑前赶到兴林镇，接应东北抗联下山的交通员。

在离镇不到十里的七里坡，一伙土匪拦住他们。两名战士为掩护老王脱身牺牲，老王腹部也中了土匪一枪。土匪那边则死了一人，伤了三人。土匪无心恋战，拿了两名战士的枪退去。老王松口气，倚着一棵老槐树坐下，撕下一块衣襟，胡乱包裹了伤口。他截住路过老乡的驴车，用一块大洋雇了，直奔兴林镇。

悦青客栈掌柜张望四十岁左右，一根半米长的铜杆大烟袋不离手。女儿凤妮今年十九岁，长得那叫一个俊，很多男客人都是奔着凤妮前来投宿的，可是没人敢调戏这丫头。她自幼跟张望学武，一般壮年汉子都不是她的对手。

客栈有个伙计叫白蒲。白蒲三个月前到客栈讨饭，张望见他可怜，又有一把子力气，就收留下来，让他帮着做一些杂务。凤妮不太同意，说白蒲这么好的体格怎么会要饭呢。张望说这年月兵荒马乱的，谁都有可能沦为乞丐。凤妮也就没再坚持。

老王被张望和凤妮抬进客栈的时候，已经奄奄一息。老王临死紧紧抓着张望的手，咽了气，眼睛却没闭上。半根老山参从他的手中滑落下来，凤妮赶忙拾起揣进怀里。

张望合上老王的眼，凤妮说爹，我们得选个地儿好好把他埋了。

张望喊伙计，说白蒲你去买口棺材，明早埋到后山吧。

凤妮说埋老爷岭吧，那儿风水好。

白蒲说小姐，咱还是埋后山吧，咱得顾活人不是。我这就去买棺材。

第二天后晌，悦青客栈来了一行三位客人。张望端上一锅猪肉炖血肠，说客官，你们尝尝，我店的招牌菜，色香味俱全。

三人领头的是个精瘦汉子，目光阴鸷，看都没看端上来的菜，而是紧盯着张望，轻声道，现在哪有心情吃饭，战士还在山上，吃不饱穿不暖的。掌柜的，还是赶紧想办法联络省委，有一位重要领导人马上要过境，我们的任务是务必保证领导安全。

张望眨巴眨巴眼睛说客官，您说的我咋听不懂……你们走了很远的路，一定累坏了，赶紧吃饭吧。

三个人互相看看。精瘦汉子瞟了一眼正在旁边擦桌子的白蒲，欲言又止。

凤妮又端上一大碗雪里蕻炖豆腐，说这大冷天的吃点大炖菜，暖暖身子。

精瘦汉子上上下下打量凤妮，神色中有些许贪婪。他对另外两人微微点点头，带头拿起筷子吃了起来。

张望冲凤妮使个眼色。两人来到后厨，张望心急火燎地问凤妮，你觉得咋样?

凤妮摇摇头，说有些奇怪，不敢确定。

张望说要是特务，那我们就是暴露了，得做好撤退的准备。

凤妮沉吟了下，说先看看情况。

张望说行，我让白蒲安排他们住下。

凤妮突然眼圈一红，说爹，我怕死。

张望叹了口气，说我也怕……就算死，我也要把你先送走。将来嫁人、生孩子，别忘了在爹坟前浇杯酒。

第三天，精瘦汉子几个人正吃晚饭，张望突然用他的铜烟袋把白蒲打倒了。与此同时，从后院冒出几个小伙子，与张望、凤妮一起，三下五除二，把白蒲连同精瘦汉子一行三人绑了起来。

白蒲声嘶力竭地喊，为什么绑我？！

处理掉特务，县里来的游击队队长对张望说你们必须撤了。

车轱辘在一条不太宽却洒满阳光的土路上滚动向前。

张望问凤妮，你咋识破的他们？

凤妮说爹，老王刚死，那几个人就上了门，我就怀疑白蒲有问题。还有，老王临死手里攥着半根老山参，我看他口型像是要说“老”，推测老山参应该是联络暗号。我又假装无意让白蒲看到上次老王来接头时拿的半块大洋，结果早上我收拾精瘦汉子房间的时候，就在他被子里发现了极其相似的半块大洋。

张望恍然大悟。

凤妮低下头，说爹，我想嫁人了，我想生孩子。

张望的眼睛潮湿了，说孩子，等打跑鬼子，爹一定给你找个好婆家！

凤妮咯咯地笑起来，脸上的红晕就像头顶的阳光，灿灿的。

杨记面馆

1939 年冬，春水城。这里已被日军占据三月有余。

这天，风很凉，吹得脸干巴巴的。春水城北的杨记面馆大清早就开了店门。面馆的老板娘杨氏有个很好听的乳名，叫幺姑。杨是她男人的姓，她本姓赵。这些是她自己跟常客说的，没人见过她男人。据她说，男人在十几年前就离开了家，不知去了哪里。那年月兵荒马乱的，这也不算什么稀奇事。

杨记面馆三个人，幺姑做捶鱼面，张嫂打扫卫生，这两个女人也兼跑堂，还有个年轻的后生，管采买和炒菜。幺姑的捶鱼面做得地道，面条滑嫩，汤汁清香。幺姑长得俊，眉眼像远山秋水，咋看咋舒服，再加上她对每位客人都客客气气，柔声细语，所以面馆生意一直很红火。男人们有的好看幺姑的脸，有的专看她的手。那双手手指细长，将鲜鱼肉捣成的糊糊揉进面里时，一忽轻柔，一忽有力，就像跳舞。最初有男人借着酒劲揩幺姑的油，不久就老实了。据说年轻后生手劲惊人，像是练家子。

离春水城不远的张家山有座独门独户的小院，挨着打麦场。此时，当地抗日游击队队长杨嘉洲从小院大门出来，急匆匆往打麦场走，后面跟着他的警卫员虎子。打麦场上，百余名战士正在热火朝天地训练着。

“虎子，听说鬼子要来扫荡，今天你再去趟春水城，去交通站看看有没有进一步的消息。”

“我这就去。”虎子答应着，转身就走。

“回来！看把你急的……你把张大爷孙女带上，给你打个掩护，城里汉奸、鬼子像疯狗，一定要注意安全。”

近晌午，杨记面馆的客人多了起来，几乎座无虚席。“排骨捶鱼一碗！”“鸡汤捶鱼三碗！”张嫂唱单的声音不时从面馆的嘈杂中冒出来，热气和酒香升腾。幺姑双手忙碌，眼睛则四顾张望。

这时，走进三个人，领头的是常客，伪政府警备队副队长陈三。后面两个不认识，从陈三对二人毕恭毕敬的样子推测，绝非善类。幺姑招呼后生看住汤锅，理理头发，迎了上去。

“陈队长大驾光临，小店真是蓬荜生辉啊。”幺姑打量下陈三身后的人，他们虽然都着便装，脚上蹬的却是日本军靴，日本人无疑。

“张嫂，快，把包间的桌子好好擦擦，上壶好茶伺候着！”幺姑提高声音吩咐张嫂。

陈三一反往日的色眯眯和油嘴滑舌，领着二人直奔包间，边走边对幺姑说：“炒几个拿手菜，不要酒，排骨捶鱼面三碗，要快。我们还有要事，吃了就走。”

包间里张嫂仔仔细细擦好桌子，沏上一壶上好的龙井，缓缓退了出来。

陈三则在二人入座后又站在门口望了望，确定张嫂走远，才走进包间并关上房门。

包间隔壁，幺姑将一只碗扣在薄薄的墙板上，贴耳听着。

不一会儿，张嫂将饭菜用盘托着，端进幺姑所在的房间，努努嘴。幺姑将碗交给张嫂，接过食盘，走出去敲了敲包间的门。只听得包间里的三个人立刻闭了嘴。

“进来。”陈三喊。

“陈队长，您也不给介绍介绍两位贵客，以后还指望贵客多多捧场呢。”幺姑将菜摆在桌子上，目光挨个儿从三个人脸上划过，语带娇嗔，

"今天这顿幺姑请，吃好一定要常来。"

陈三旁边的二人正襟危坐，未发一言，眼睛却在幺姑的脸上停留了几秒。陈三对幺姑说："这位是宪兵队中井少佐，这位是渡边先生。"

幺姑瞪大了眼睛，樱桃小嘴一副合不拢的样子，细声细语地说："早上听喜鹊喳喳叫，就想今天一定有贵客光临，喜鹊没骗我。您二位试试我们店的手艺，可不是自夸，这春水城百十家店，无论捶鱼面还是家常菜，我们杨记是最地道的，陈队长您说是不是？"

"是，是……"陈三嬉皮笑脸附和。

傍晚，幺姑把最后一碗面下到锅里，决定早点关店，好让年轻后生天黑前出城。正捞着面条，虎子和张家孙女走进店里。

"他还好吧？"幺姑先把偷听来的情报详详细细地说给虎子听，又将一大包捶鱼面装进张家孙女的布包，然后红着脸问虎子。

"嫂子，您放心，队长好着呢。知道鬼子要扫荡，队长已有准备，绝不会让他们得到一点粮食。我们马上出城，把消息带回去。"

虎子他们走后，幺姑的心一直悬着，心里祈祷过无数次。几天后一个傍晚，陈三和渡边来到杨记面馆，一进门就喊："幺姑，快弄几个好菜，上壶好酒，我要与渡边太君共醉！这年头，说不好哪天我他妈的再也来不了了。"

蝶盗

唐僖宗朝，宦官当权，民不聊生。王仙芝、黄巢揭竿而起，烽火漫卷。

且不说天下，单表宿州地界，这里三年内发生十六起血案，十六名员外死于蝴蝶镖。每具尸身胸口处都留有蝴蝶形伤口，宛若鬼符。而每次案发后，总有不少百姓收到来路不明的财物，尤其是食不果腹的人家。

一时间，关于蝶盗的传说流传开来。谁也没有见过他的模样，谁也不知道他的底细，只知道他的标记是蝴蝶镖。

宿州府衙书房内，刺史大人正与一黑衣男子交谈。他握着来自京城的书信，手有些颤抖。

"刑部派大人来我宿州缉拿此江洋大盗，是我宿州之幸啊。"他对坐在对面的黑衣人道，"此恶贼三年内已连续杀害十六人，让我宿州不得安宁，我这做刺史的寝食难安。大人来，我这颗心才有落地之感，大人神武，必能将恶贼绳之以法！"

黑衣人面无表情。他乃江湖上赫赫有名的神捕，号无剑。无剑武功的出神入化不在于闪电般的出剑，而在于他出剑后无人能看清他的招式，只见顺剑锋滑落的一滴血，而对手已没了性命。剑，在他手里已非武器，而是锁魂的枷锁。

李员外卧室，一具面目与李员外相似的尸身偃卧血泊中。李员外看着尸体胸口蝴蝶形伤口，暗自庆幸。多亏自己以重金寻来这么个替身。

"蝶盗不除，宿州不宁。"他联合此前受害的十六家，用一纸诉状，将蝶盗并宿州府衙告上京城。李员外乃宿州大户，外甥在宫中任职，与只手遮天的权宦田令孜有勾连。正因此，李员外横行乡里，欺男霸女，有恃无恐。

浓云蔽月，夜色如墨。

李员外家后院，无剑长剑直指对面一人咽喉。

只听无剑厉声道："将你缉拿归案，也算对十七条人命有所交代！"

剑下男子并无一丝惊惧之色，目光炯炯，直视无剑。

"不想名震江湖、素称公正的名捕无剑竟如此是非不分。我蝴蝶镖下哪条人命不是罪有应得？！这李员外鱼肉百姓，众人皆知。今我失手，绝不会让你带回府衙……"

话音未落，男子脖颈一挺。鲜血激射而出，落满无剑衣襟。无剑但觉眼中一热，执剑之手没了半分力气。

数日后，李员外不知何故坠井而亡。而立下拿获蝶盗奇功的无剑辞去官职，不知去向。

一年后，蝶盗复活，重出江湖。为富不仁者、贪赃枉法者，重又惶惶不可终日起来……

南柯一梦

烛影摇曳，烛泪涓涓。

牡丹大红衣裙，发髻高绾，一颗耀眼的珍珠嵌在发间。红衣将她羊脂般的皮肤衬得苍白。她的目光从屋内三个男人的脸上掠过，诸般往事，涌上心头。

“想我牡丹，十六岁挂牌，十八岁成了这怡春院头牌，二十岁起不再接客，以琴棋诗画会友，那以后能入得这闺房的，唯你三人。”她顿了顿，继续道，“如今我已二十五岁，不想继续在这红尘中摆渡，遂将积攒的金银给了妈妈，赎得自由之身……”

牡丹话音未落，周钰急切地说：“牡丹，这些年我待你如何？金银财宝，只要你喜欢，无不倾囊相赠，而方圆千里，谁不知我周家财势？我虽不能娶你进门，却会在邻镇购置良田千亩，兴建别院，金屋藏娇，保你一世富贵。”

“周钰，你凭什么娶牡丹？！我是这古柳镇的镇守，敢跟我争牡丹，小心你家在镇上的商铺。”张猛厉声打断。

“牡丹，论财论势我争不过他二人，但我相信你会嫁给我的，因为只有我懂你的才华和忧愁。我要娶你进门，终生厮守。”李华均言辞恳切。

三人热切地望着牡丹，都觉得牡丹一定会答应嫁给自己。

“残花败柳之身，蒙各位不弃，牡丹在此谢过。”牡丹对三人深施一礼，眼泪流了下来，“如今我虽是自由之身，却身染沉疴，不久于人世。我不想任由病魔毁去容颜。今日我把三位邀来，乃为与你们告别。”

牡丹一口饮下早已备好的毒酒。

“片刻之后我将死去。牡丹下一世不想做娼门之人，也不想一世孤单，哪位念及昔日情谊，请为牡丹收尸，埋入自家坟茔，来世牡丹做奴为妾，报答恩情。”

三人大愕，眼睁睁看着牡丹咽了气。

周钰反应最快，仓皇逃离，竟未再看牡丹一眼。张猛长叹一声：“罢！罢！罢！”亦拂袖而去。

李华均抱起牡丹，轻轻擦去她嘴边的鲜血，将尸身抱上床，盖上锦被，泣道：“牡丹，恕华均不能遵嘱，你虽已是自由之身，可俗人眼里，你仍属娼门。母亲大人是无论如何也不会同意把你埋入祖坟的。”

这时，突然闯进一人。“你不要再碰牡丹姐，无论人间地下，我都会照顾她的。”他用力推开李华均，将壶中剩余毒酒一饮而尽，然后躺在牡丹身边，抓住牡丹的手：“牡丹姐，等我，黄泉路上我不要你孤单一人……”

牡丹的魂魄来至奈何桥前，突闻身后一熟悉的声音道：“牡丹姐，等我，黄泉路上我不要你孤单一人……”她分辨出这声音非周、张、李任何一人，而是怡春院旁中医堂的伙计童欣。自病魔缠身，童欣常送药前来，悉心照料，却从未与她言及男女情事。

牡丹凄然一笑：“原来是你！”

她不禁跪在童欣面前：“童欣，你这是何苦，你还有大好的青春。”

童欣亦跪下，拥紧牡丹：“我岂能任你如此孤单而不顾……生不能相守，死愿相随。”

桥头孟婆咳嗽一声：“两个小家伙，你们的时辰到了，喝了这碗汤，忘掉今世，投胎去吧……”

零零零——刺耳的闹钟响起。白牡丹睡眼蒙眬，摸索着将手机闹钟关掉。梦中情形在她的脑海里徘徊，四个男人的模样与现实中的四个男人重合。她醍醐灌顶，发出一声轻轻的“呀”。

一小时后，白牡丹现身财富大厦C座的办公室，向同事宣布：本姑娘决定了，我要嫁人了！

杨详世投敌

辽圣宗时，已降辽数年的渤海国国主大延琳突然起兵反叛，自立为帝，国号兴辽，并迅速占领了辽东大部。公元1029年，沈州副节度使张杰设计，将进攻上京的兴辽大军水淹于沈水河畔。不久，张杰领兵反攻，围困兴辽国都东京。

至次年夏末，兴辽军队被困沈州城已十月有余。

驻守东京城的兴辽将领杨详世近日来睡得很少。白天，他带贴身侍卫从西城往东城巡视，沿路都是倾圮的房屋、面如菜色的士兵和百姓，他的眉头皱了又皱，暗暗叹息。

“杨将军，属下有句话不吐不快。”一路跟随的军曹看他面色疲惫，忍不住了，“想当初，我军进军沈州，上下齐心，何等威武，可恨皇上不听您劝，着了张杰那厮的道，又被那厮截水淹军，死伤无数，以致元气大伤。皇上不明，我等只认将军，盼将军为满城百姓和官兵思谋出条生路……”

杨详世喝道：“你等不得胡言乱语，本将军自有主张。”

军曹于是不敢多言，默默随行。恰在此时，一幼童摇摇晃晃跌倒路边。军曹紧走几步，扶起幼童。见孩子身边没有大人，杨详世只得命军曹抱幼童前行。没走多远，幼童在军曹怀中挣扎，欲扑向路边倒卧的一名妇人。但见那妇人衣衫褴褛，似无生气。

“大嫂！大嫂，醒醒，这孩儿可是您的？”

妇人在军曹的呼唤下悠悠转醒，望望军曹怀中的小儿，挣扎着在杨详世面前跪下，未语泪先流：“将军，求求你，收养这孩子吧，给他口饭吃，只要他能活下去，小女子死也瞑目。”

杨详世问道：“敢问这位夫人，家住何方，夫君何在？”

“将军，我夫去年沈州之役就战死了，留下我们孤儿寡母……本就勉强度日，前几日为守城大军筹粮筹柴，军爷竟将存粮都征走了，房子也被拆了，如今我们娘俩无家可归，粒米未进……”妇人的哭诉像一根针扎进杨详世的心里。

杨详世长叹一声，暗暗下了决心。

是夜子时，城内外一片静寂，忽然一条黑影钻过南城门的缝隙闪了出去，直奔辽军大营。

数日后，沈水河畔，张杰在云飏阁犒赏三军。

“借良辰吉日，祝祷上苍，佑我大辽国泰民安，佑我沈州永无战乱！”

震天的军鼓与河水的涛声交汇，将士高喊：“将军威武……”

张杰挥了挥手，止住众人，对帐下的杨详世说：“平定大延琳叛乱，头功非将军莫属。将军有何愿望，张某必代将军向圣上乞准。”

杨详世在张杰面前单膝跪下，黯然道：“无论如何，杨某都是兴辽罪人。当日开城，并无立功之心，而是不忍生灵涂炭。将军能为百姓祈福，心下甚安。杨某别无所求，但求解甲归田，了此残生。”

一年后，东京城外二百里的乡下，新来一户人家。农人们经常看见一个汉子带着一个小儿在田间玩耍。

妇好和武丁

武丁寝宫，稳婆心惊胆战地忙碌着。她看着难产大出血复旧创发作的妇好，心中祈祷孩子和大人俱皆平安，否则，自己活不过今夜。

妇好躺在床榻之上，泪光盈盈，汗透额发。她的手指颤抖着划过武丁的面庞，断断续续地说道："夫君，我怕是挺不过这关了。这一生能得夫君恩宠，是妇好最大的福分。这一去，再不能为夫君解忧，实难心安……"

武丁紧紧握住妇好的手，泪吧嗒吧嗒地落到妇好脸上，二人过往一幕幕浮现脑海。

那年羌方大军来犯，武丁如热锅上的蚂蚁，妇好带着几名亲随风尘仆仆从她的封邑赶来。

"夫君，听闻羌方来犯，妇好请求夫君准予带兵平乱。"

"王后，本王知你勇冠三军、韬略过人，但羌方来势汹汹，本王怎忍心你涉险。"武丁面露犹疑。

妇好成竹在胸："夫君，且听妇好一言。妇好已命卜官备好甲骨，若神明许妇好出征，夫君即命禽、羽协助，必可大胜！"

武丁思忖后应允。夫妻二人去到占卜之所。卜官将备好的三片甲骨置于石桌之上。角落的铜鼎里已点上炭火。

妇好洗手焚香，将三片甲骨打磨平整，于其背凿钻，然后置于火上灼烤。骨片遇热开裂，咔咔作响。妇好虔诚地聆听。待三片甲骨烤灼完毕，妇好细细观瞧，然后微微一笑。

武丁跪于角落，目光未离妇好片刻。此时看妇好面露笑容，起身走到她近前。只见妇好在甲骨上刻道："辛巳卜，贞，登妇好三千登旅一万乎伐羌。”

次日清晨，雷声滚滚，北蒙城上空阴云密布。北城门一支一万三千人的大军，精神抖擞，整装待发。

妇好端坐于大军最前面的战车之上，两员大将各持青铜大钺侍立两旁。左钺纹饰为两虎捕捉人头，右钺双身龙纹，为妇好更添威严。

商王武丁泪眼婆娑：“沙场凶险，定要保重！凯旋之日，本王亲迎王后于城外百里！”

妇好莞尔：“替夫君分忧乃分内，夫君但宽心。妇好定将羌方杀得片甲不留，使其再不敢来犯！”

商军在北蒙城外五百里的丛林处与羌方军队遭遇。妇好身先士卒，连杀敌军数将。士兵们则士气高涨。这场激战直杀得天空映出一片血色，野兽也吓得纷纷躲藏。

凯旋之夜，月朗星稀，月光透过寝宫窗户，灿灿地洒了一地。

武丁将妇好拥于怀中。半月未见，似隔百年。但见妇好面色如月盘般皎洁。

武丁将一只玉凤放在妇好手中：“你看这玉凤多么像你！本王将它送予你，愿它时时陪伴你左右，犹如本王的心时时追随在你身边。”

妇好细看这只玉凤：高冠钩喙，短翅长尾，作回首欲飞之状。它玉质晶莹无瑕，而体态丰满迷人，确与自己神似，不禁为夫君用心感动。

武丁从石台上摆着的状如房屋的偶方彝内舀出一铜斗酒，注入两只象牙夔鋬杯内，那杯身俱遍嵌着绿松石。一杯喂妇好吃下，一杯自己一饮而尽。十几杯后，二人微醺。武丁将妇好抱上床榻，妇好长发散开，英武为娇媚取代，武丁俯下身躯……

一声婴儿啼哭响彻寝宫，将武丁的回忆打断。此刻，天际一颗耀眼的流星划过。妇好血崩，香消魂断。

妇好死后，武丁时常向卜官询问：妇好有没有再嫁人？本王的爷爷和父亲在那边可曾照顾她？

妇好有灵，会为武丁的深情感动，含笑九泉吧。

超级音乐发烧友之死

中国古代，最早堪称音乐发烧友的帝王非曾侯乙莫属。

曾侯乙，姬姓，战国时曾国国君。他个子矮小，而面目清秀，嘴角微微上翘，像在微笑。貌不惊人的曾侯乙是曾国女人心目中的白马王子。他在曾国有至高无上的权力和数不尽的财富，这是毫无疑问的。此外，在战国那样的动乱年代，他治下的曾国家殷人足，这是作为一个国君很了不起的一点。他还很聪明，在车战中使用了殳，一种顶端安装有刃或没有刃的铜套的兵器，可以想象，有刃殳或曰锐殳装在战车上，会大大提升杀伤力。但对女人来说，以上这些都不是最重要的，最重要也最让人着迷的，是他具有极高的音乐天赋。他在音乐上追求极致，是不折不扣的超级音乐发烧友。因为他的这一嗜好，曾国百姓也喜鼓瑟吹竽，弹琴击筑。

曾侯乙用整整两年光阴在锦帛上谱写的乐谱完成了。这天，他将宫廷乐队召集到大殿一侧的超大型演艺厅，命人送上美酒，庆祝乐谱完工。

宫人布置停当退去。二十一名如花女子鱼贯来至演艺厅。她们都是千挑万选出来的音乐素养极佳的美女，最大的二十六岁，最小的十三岁。

“本侯今天终于完成了双音乐谱。楚之十二律，曾国有其七，双音律的问世必将震撼寰宇！”曾侯乙面对二十一名乐伎大声宣布，“美人们，为本侯奏起来，舞起来吧！让无比美妙的音乐响彻曾国大地！美酒相伴，让我们一起狂欢！”

美人们也兴奋得面色绯红。

五名美人面对编钟而立，其中三名以丁字形木槌敲击中层的编钟，奏出主旋律，另两名持大木棒撞击下层低音部，作为和声。音乐响起，支撑编钟下层横梁的三尊佩剑铜人似乎都随之舞起来。

又有一名着紫衣的美人面对编钟跽坐，手持磬槌，专注地在四十一块磬石上轻盈地敲击着。她长发及腰，发顶一支镶翡翠的金簪，背影楚楚动人。

金石和鸣，奏出天上才有的音乐，忽而如黄鹂啼啭，忽而如战马嘶鸣，忽而如泣如诉，忽而激昂澎湃。这是旷古未有的神曲啊。

曾侯乙一口饮尽金簋中的美酒，拿起十六排笙。笙与钟磬应和，音乐平添一种清越的意味。笙愈来愈高亢，愈来愈陶醉，突然，编钟最上层中间那具发出砰的一声巨响，爆裂开来。笙戛然而止，曾侯乙颓然倒地。

二十一名美人惊呆了。她们发现国君竟这样就离开了人世。她们不敢触碰他，匍匐在侧，大放悲声。

紫衣女子擦去满脸泪痕，决绝地说道："国君此去，世上再无懂我之人。我要去陪他。"言毕，拔下头顶金簪刺入喉中，自尽而亡。

其余美人各自思想。有人觉得紫衣女子知道即使现在不死，过几天也会殉葬；有人认为紫衣女子生前为国君看重，死后也要独占鳌头；有人想与国君相伴也是很好的。

等侍卫赶来，演艺厅中已是二十二具尸身。

补记：曾侯乙墓中共有彩绘陪棺二十一具，内中皆年轻女子。学者多以为她们是人殉，也有学者认为，她们是演奏编钟的乐工。

标签的抗争

1

关盼盼轻轻挪开压在她身体上的胳膊，翻过身。帐外，方桌上青玉香炉里飘出的青烟在月光下袅袅婷婷升腾，檀香味似有若无。

往日此刻，她早与张愔相拥睡去。可今日张愔说校书郎白居易将来府上做客，她便夜不成寐了。满脑子都是那个写出“在天愿作比翼鸟，在地愿为连理枝”和“是岁江南旱，衢州人食人”的大诗人。她想象着他的样子：是风流倜傥还是庄重威严？是面若冠玉还是须髯如戟？

白居易的到访令关盼盼兴奋不已是可以理解的。要知道，关盼盼以能唱《长恨歌》和能作《霓裳羽衣舞》而闻名。

2

关盼盼见大诗人毫无架子，敬酒也不推托，便放松下来。

“盼盼，你且为白大人作《霓裳羽衣舞》，如何？”张愔提议道。

“如白大人不嫌弃，妾身愿献舞助兴。”关盼盼应道。

白居易说：“求之不得。”

音乐起，关盼盼时而若弱柳拂风，时而若穿云飞燕。白居易不禁脱口而出：“醉娇胜不得，风袅牡丹花。”

关盼盼听大诗人将自己比作牡丹，内心欣喜。舞毕，走到白居易面前，盈盈一拜：“久慕大人才华，今日得见，三生有幸。大人盛赞，实愧不敢当。”

3

张愔死后，关盼盼独居燕子楼十余载，每日与朝露、晚霞相伴，听燕子啾啾，俗世种种，皆在九霄云外。虽常忆及与张愔的恩爱，却已非痛苦得不能忍受。

“今春有客洛阳回，曾到尚书墓上来。见说白杨堪作柱，争教红粉不成灰。”关盼盼心中默念着。白居易啊白居易，你虽满腹锦绣，但在你眼里，关盼盼永远贴着婢的标签，是吗？

关盼盼已七日水米未进，身子轻得像飘落的花瓣。她在等待生命的最后时刻。

后记：三十年后，一场大病让已近七旬的白居易深感时日无多。一次，樊素和小蛮作《霓裳羽衣舞》，他突然想起多年前为自己四句诗郁郁而终的倔强女子，遂将二女放归……

等你在奈何桥畔

我终于等到你了，辛追！

我的灵魂在你上空徘徊，一刻也不舍离开。我看着卜师将绛色的织锦盖在你前额和眉眼处，又将一件内絮丝棉的素绢盖在你美丽坚挺的鼻梁上。就此，你绝世的容颜再不会有人看见。

我第一次见到你时，你二十岁。红润的面庞，纤巧的鼻子，柳叶般的眉毛，眉宇间透着灵气，招人爱怜。我承认第一眼就爱上了你。我恳求主公，把你赐我为妻。你嫁给我七个月，就产下儿子利豨，稳婆说孩子早产。我不计较，你的孩子就是我的孩子。利豨周岁的时候，我带着你来长沙国上任。其实你早就知道主公会派我到长沙国吧？把我支到边陲，监视长沙王吴芮，主公真是用心良苦啊。

我们来到长沙国没几年，吴臣的姐夫淮南王英布就发动叛乱。我冒着生命危险前去游说吴臣，你知道为什么吗？我既是向主公表决心，也是为了你！我想让你知道我是一个有智有谋、能建功立业的男人！

我对吴臣讲，连项羽那样勇猛无敌的人都被困死于乌江，而英布又岂能和项羽相比？我看着吴臣阴晴不定的表情，相信自己一定能说服吴臣。果不其然，吴臣诱杀了英布。平乱有功，我被惠帝封侯。

那天晚上，你穿着素纱禅衣，站在月光下，略显丰满的曲线若隐若现。你缓步上前迎接我，衣袂翩然若飞。我醉了，恨不得时间凝固，此刻永驻。

很快，我们有了利扶。

可是那以后，你还是会叹息。

我想对你说，我是你的夫君，你不要再想别人了，不管他是韩信还是刘邦！可我不敢，我怕失去你。我只要能陪在你身边就好。直到有一天，你的梦呓告诉我，你的叹息是为了宁死不降的江夏王。

我不再嫉妒了，我更爱你、怜惜你了。

他们给你套上十八层衣服，又横扎了九道丝带。你入葬后，他们将非衣盖在你身上。非衣顶端描绘的正是我现在住的地方。在这里，我时常看见嫦娥伴月起舞，她没有你美，虽然你离世时脸带病容。

我虽然盼着你早日来陪我，可是我也希望你无病无灾，幸福美满。谁承想那几只凉瓜要了你的命。

他们又将一百多尊木俑放进墓中……

墓门封闭了。我等你，在奈何桥那一边……

附记：利苍，西汉长沙国丞相。早年随汉高祖刘邦打天下，封轪侯。高后三年去世，其时妻辛追未满三十岁。汉文帝十五年，辛追去世。辛追即马王堆汉墓一号墓墓主，解剖后在其胃肠内发现一百三十八粒半甜瓜子，推测死因为胆绞痛引发冠心病猝死。

二丫

打记事起，二丫就生活在郑家。郑家是歙县八大户之一。十岁的二丫出落得像山坡上最早拱出的春笋，嫩嫩的、挺挺的。郑家夫人爱她伶俐，给了小女儿做丫头。

郑家最小的小姐比二丫大三四岁，识得一些字，坊间传为才女。

二丫知道自己的身世，还是小姐无意中说漏的。

那天，她将小姐的翡翠玉瓶跌到地上摔碎了。小姐跺着脚骂她："怎么这么不长眼，果然是个没娘养的！"

二丫听小姐骂她"没娘养"，倔劲儿上来了，梗着脖颈："小姐，你可以骂我打我，但不能骂我娘，不然我告夫人去！"

小姐一愣，眨巴眨巴眼睛，软下来："我娘不许我对你讲这些的。碎就碎了吧，不与你计较了。"

二丫到底觉得受了委屈，哭哭啼啼跑回家，问娘小姐为什么骂她"没娘养"。姚氏怕她日后在这上面吃亏，便不再隐瞒，含泪讲了她的身世。

原来，二丫生母唤作青鸾，是书寓的清倌。青鸾与一书生私订终身，谁知书生骗了她多年积攒的体己逃了，可怜她已有孕在身。青鸾生下二丫，不想让孩子重蹈自己的覆辙，便狠心把她丢在大户人家门口。郑家夫人笃佛，又见孩子眉眼端正，便收留下来，交给刚生了儿子的忠仆姚氏喂养，每月给半两银子。所幸姚氏也喜欢女娃，一直待二丫有如己出。

二丫听了，紧咬着嘴唇，一句话也没说，转身回小姐身边去了。从此她做事加倍小心，也加倍勤快。

姚氏和她的丈夫，家中三代都是郑家忠仆，打小就认一个理：生是郑家人，死是郑家鬼。姚氏擅女红，二丫六七岁起就随着母亲缝缝补补，也学刺绣。二丫很聪明，绣得像模像样，看着墙上爬满的蔷薇，不用描图，也能绣出个大概。

二丫绣得最好看的要数石榴。她在领尖、衣角、袖口绣出不同姿态的石榴花，郑府女眷个个爱不释手。

一晃几年过去，小小姐被许给了罗家少爷，再过三个月就要过门。罗家家世显赫，罗少爷留过洋，一表人才。小小姐心中好奇，差二丫以送石榴酥为名去瞧瞧。

也是凑巧，二丫送完石榴酥，转身出门时绊了一下，人没摔倒，手中一方都锦生丝帕掉在了地上。

罗家少爷弯腰捡了起来，见帕子上绣着两朵并蒂石榴花，血般殷红。石榴花仿佛有魂魄，阳光照射下，摇摇曳曳，仿若犹在枝头。便问："这么鲜活的石榴花，出自哪位姑娘的巧手？"

二丫脸红得就跟石榴似的，低声道："这手帕是我家小姐送我的，快还我。"

说罢，从少爷手中扯出来，转身就走。

回到家，二丫跟小姐又是羞愧又是道歉地说了过程。小姐并不介怀，只问那罗家少爷长得怎样。

"那罗家少爷真的是玉树临风……"

小姐很是欢喜，把用了一小半的胭脂送了二丫，换了石榴丝帕。这盒胭脂是郑家大少爷从大上海带回来的，价格不菲。

婚期将近，小姐对二丫说："妹妹，你跟我去罗家吧，这几年咱俩天天在一起，我实在舍不下你。"小姐说着，眼圈红了。

二丫眼圈也红了。她低下头，不敢看小姐。

小姐声音提高几分："愿不愿意，只回我一句就好。"

二丫低声应道："我本就是郑家的人，但凭小姐吩咐。"

小姐拉住二丫的手："那就跟我去吧。二丫这名字有点俗，咱改一个吧。"

二丫心里不愿意，却不敢说半个不字。

小姐来回走了几步，一瞄手中的丝帕："对，叫石榴，以后就叫石榴吧，这名字好听。"

第二天一大早，二丫回家与姚氏告别。姚氏一听她要做陪嫁丫头，哭了起来："丫，罗家隔了好几个镇子，就是去享福，娘也不容易见到你了……"

二丫偎在娘怀里，悠悠地说："娘，小姐把我的名字改成石榴了。"

"主家待你不薄，小姐让叫啥就叫啥吧。到了罗家，万事留心，好好伺候小姐。"

姚氏嘱咐二丫的时候，小姐正将二丫改名和随嫁之事禀明母亲。

夫人双目微闭，手里捻着念珠："怎么想起带她了？"

小姐笑了。"带她去我还能有个伴儿。"又拿出绣着石榴花的手帕晃了晃，"再说，她的女红，会让我在婆家赚足面子的。"

屋外，天突然阴了下来，大风刮得树木摇摇晃晃。

返回郑家的二丫，不，石榴，被天井里石榴树上的并蒂花苞吸引，停下脚步细看。这两只花苞一大一小，在风中摇摆着，竟似在呜咽悲鸣……

石榴

郑家小姐嫁给罗家少爷，带过来一名陪嫁丫头，名叫石榴。

徽州男人很少在家守业。他们讲求在外面赚足银子回来盖宅子，宅子越大，越被人高看一眼。婚后第二个月，罗家少爷便离开徽州去了常州府，打理那里的绸缎庄。

小姐万没想到，九个月后罗家少爷回来，领着一个细腰细腿的女人。从此她在罗家仆人的嘴里，由少奶奶改称大少奶奶。

男人在家待了一个月又走了。他走后，大少奶奶日夜盼望自己的肚里有响动。可惜什么风吹草动也没有，好在细腰女人也没动静。

日子就像门前的溪水，一天天流淌着。

第二年腊月间，少爷又带回一个桃花眼的女人，那女人走路像风中的杨柳枝似的。

当天晚上，二少奶奶斜坐在大少奶奶房中的床沿上，看石榴在灯下绣荷花。突然，她想到点什么，与大少奶奶耳语起来。

石榴这时长得越发水灵。府里女人们大大小小的事她都懂，但她从不多问，也不多说。

几日后，天刚擦黑，大少奶奶备好几样菜和两壶烧酒，请少爷过来吃饭。少爷吃了几口，放下筷子："吃好了。"

大少奶奶看出他的魂儿已经在桃花眼那里了："自从我进了你家的门，哪样事不是做到头里？老二、老三进门，好吃的、好用的我尽着她们。但我毕竟先来，你总不往我房里来，让我怎么做人？今天你把样子做足，在我这里喝尽兴了再去老三那儿，我不强留你。"

大少奶奶把话说到这份儿上，少爷也真不好意思抬腿就走。他酒量本不大，一壶下肚，眼睛就迷离了："夫人休怪我，我母亲虽是正室，可我三姨娘和五姨娘也都有儿子，她最大的愿望就是我早早给她生个大胖孙子。"

大少奶奶见男人舌头开始打卷儿，喊石榴去取热毛巾给他敷敷面。石榴拿着热毛巾递给她，她却不接，让石榴上手。石榴有些犹豫，大少奶奶急道："让你去你就去！"

石榴怯生生走到少爷跟前，少爷看着红着脸的石榴，眼睛一下睁大了。只见石榴小嘴紧抿着，唇上一层细细浅浅的绒毛，在灯下清晰可辨；眉毛弯弯的，好像新月，右眉梢一颗浅浅的红痣；杏仁儿眼里一层水汽。她拿着毛巾的小手微微发抖，身子僵硬，胸脯急速起伏。

大少奶奶往门外走，边走边说："石榴，你在这儿伺候着，我去让厨房再弄两样菜。"

一个时辰后，大少奶奶回屋，但见石榴衣衫齐整，正收拾着桌子上的残羹冷炙。

石榴见她进门，低声说道："就快收拾好了。小姐稍等下，我就去给你端洗脚水。"

大少奶奶嘴张了又张，竟没问出话来。

一天，少爷跟前的男仆对大少奶奶说，他按少爷吩咐找石榴去书房，说是补一件长衫。大少奶奶给了他二两银子，嘱咐他不要乱说话。四下无人时，大少奶奶将玉镯子褪了，套到石榴腕上，轻声说："石榴，我也是为了咱俩有好日子过。"

石榴咬着嘴唇没说话。

到了夏至，再怎么用布带缠也遮不住隆起的肚子了，石榴索性不缠了。三少奶奶今年开春的时候就有孕了。如今三少奶奶的做派就像罗府的功臣，整日指手画脚。

而大少奶奶对石榴越发关照，不让她干活，还特意从娘家要了个丫头来帮着。

石榴得空就把老夫人给的棉布、丝绸裁衣服，在小娃娃的衣服上绣上各式图案。

到了满树石榴红艳艳的时候，掐着日子，少爷回家了。当晚少爷宿在大少奶奶房中。到了很晚，外间的石榴还听见两口子争吵不休。

第二天早上，大少奶奶眼睛红肿。吃罢早饭，石榴被老夫人喊去，老夫人告诉她，念在她怀了罗家骨肉，少爷要正式收她做四房。

石榴不卑不亢，只点点头，轻声说："石榴听老夫人安排。"

老夫人格外吃惊，心想这丫头不仅长了一副好容貌，沉稳也强过多少大家闺秀。本来她对石榴几分不满，现在倒觉得石榴若能生个男娃其实挺好，比老三恃子独宠要好多了。

石榴死去活来的疼痛终于在一声洪亮的婴儿啼哭后止息下来。接生婆高声道："恭喜少爷喜得贵子！恭喜四少奶奶喜得贵子！"

大少奶奶赶紧打赏。石榴看着接生婆怀里那一张小脸儿，松了口气。

墙外传来惊闺的响声。石榴眼睛看向窗外，说巧不巧，正有一枚熟透的石榴从树上掉下来。

四少奶奶

怀着少爷的骨肉时，石榴从陪嫁丫头变成了四少奶奶。

孩子满月，老夫人对石榴说："这孩子呢，还是放大少奶奶房里养着吧，毕竟她是你的主家，而且识文断字，孩子由她带着，多省心。"

四少奶奶流了半天泪，大少奶奶陪着她："知道你难受，可罗家有罗家的规矩，嫁鸡随鸡，嫁狗随狗不是？妹妹放心，咱俩亲姐妹一般，哪能亏待咱们的孩子。"

四少奶奶还是哭得嗓子哑了，哭累了，终于睡着了。醒来时，孩子已不在身边了，又开始哭，可除了哭哪有什么办法。

第二天，四少奶奶去大少奶奶房里看孩子，不承想大少奶奶带着孩子搬出罗府别居了。

大少奶奶会在少爷回来时带孩子回来住。可三年里，少爷只回来过一次，住了也就三天。

那次，四少奶奶见着了儿子。她想摸摸他的小脸，捏捏他的鼻子，但到底没敢上前去。孩子偎在大少奶奶怀里，一声声叫着姆妈，每一声都揪得她的心狠狠疼一下。大少奶奶离开前，塞给她几锭银子。

三年里，四少奶奶不知做了多少荷包、肚兜、围涎、喜帐，上面都绣着孩童，坐着的，站着的，躺着的，哭着的，笑着的，玩着的，眼睛、鼻子、嘴巴好像会动，栩栩如生。

这三年里，二少奶奶在一个黄昏出了罗府，再没回来。家仆说，她和前街的篾匠私奔了。四少奶奶没觉着二少奶奶丢人。

三少奶奶生的是女孩，不招老夫人待见，这三年里就没怎么见着她和孩子。

下个月小少爷就三周岁了。午后，四少奶奶坐在天井里的石榴树下，给小少爷的新裤子上绣鲤鱼，听见惊闺在响。笸箩里丝线不多了，她走出大门，想喊住货郎买上点。

挑子前已围了不少大姑娘、小媳妇，四少奶奶不愿争抢，站在一边轻摇团扇。货郎二十五六的年纪，皮肤黝黑，袖子外一截胳膊汗毛很长。

好半天才轮到四少奶奶挑选。她挑了红、紫、蓝、灰的丝线，又拿起一面拨浪鼓转了两下。

“夫人可太有眼力了，这拨浪鼓可是杭州最有名的手艺人做的。您看看，这鼓面，这鼓槌，多好看。拿回去给小少爷玩，他一定开心……”女人眼圈红了，货郎心知自己说错了话，立刻拿起一支檀香木的盘花发簪，“夫人，这簪子，和您最配了。像您这么好看的夫人可不多见。”

四少奶奶接过簪子，只见簪子呈弧形，线条流畅，簪头镂空，镏金坠作并蒂石榴花形，和她当年在丝帕上绣的一模一样。

竟有这么巧的事！

货郎看她拿着簪子瞧个没完，说道：“夫人，别犹豫了，簪子我亲手做的，您打听打听，我的簪子可是一流的……”

“这簪子你做的？！”四少奶奶瞪圆了眼睛。

“我做的啊。”货郎的目光在她周身乱转。

四少奶奶问：“那这簪子我买了，你能再做支一模一样的给我吗？”

小少爷生日前两天少爷赶回来了。

小少爷生日当天，四少奶奶将两支石榴簪交叉别在脑后，穿上最好看的衣服，早早等在大少奶奶院门前。

吃饭的时候，四少奶奶拿出绣着石榴的荷包，没想到小少爷立刻将小手背到身后，奶声奶气地说：“我娘说，不能随便要别人的东西。”

四少奶奶又赶紧拿出拨浪鼓，眼看着小少爷就要接过去了，大少奶奶赶紧把小少爷抱到怀里，躲过了她的手。

拨浪鼓从四少奶奶手里掉了下去，跌跌撞撞滚到桌下。屋子里的空气凝固了。

老夫人斜了大少奶奶一眼，将瘪着嘴欲哭的小少爷抱过去，哄着。小少爷在老夫人怀里撒起娇来，没哭，于是大家装作无事，吃饭的吃饭，喝酒的喝酒。

当天晚上，四少奶奶剪碎了所有为儿子缝的衣物，将煤油浇遍了屋子的每个角落，等值夜的仆人反应过来，大火已映红了镇子半边天。

火灭掉后，天还没亮，蒙着白布的四少奶奶被抬出了罗府。

大少奶奶听到噩耗，哭成泪人，将三岁的儿子摁在地下，逼着不情愿的孩子磕了三个头。

问牛

早春，西南风将厚厚的云层一点点吹散，本是要下雨的天气竟转成了晴天。丞相丙吉看阴云散尽，吩咐属下备车，随他出行。

一行人走不多远，前方街路上一群人，眼见过不去，丙吉命掾史前去探听究竟。掾史回来禀道："启禀丞相，前方行人争道，引起群殴，死伤数人，倒卧路上，鲜血遍地。大人是否前往查看？"

丙吉眉头耸了耸："你且命车夫改道绕行。"

掾史愕然，想，看来传言未必为虚。

汉武帝末年，丙吉奉诏治巫蛊于郡邸狱，因同情刚出生几个月的曾皇孙刘询也就是后来的汉宣帝，对其加以保护，而宣帝即位后，丙吉并不提旧恩。百官私下里对丙吉接替魏相颇有微词，说他并无实才，是靠对皇上有旧恩又不事表功，才得赏识的。更有人说丙吉城府极深，不表功就是为了有一天能得重用。

掾史不敢违命，遂命车夫绕路前行。

走不多远，丙吉突然命停车。只见他撩起车帘下车，指着前方牵牛而行的老农对掾史说："你追上前方牵牛之人，问他赶牛走了几里路。"

掾史眼球差点没掉下来，按捺不住疑惑，问："丞相大人，下官不明，可否请大人赐教？"

"但问无妨。"

"刚才路遇群殴，死伤数人，人命关天，您命车夫绕路而行，如今只是老农牵牛，您却命我前去询问赶了几里路……"掾史瞄一眼丞相，见丙吉并无愠色，继续道，"此等小事，这样兴师动众，为何呢？"

丙吉指着前方问掾史："此牛有何不妥？"

掾史仔仔细细打量几眼："未见不妥，大约走累了，有些步履蹒跚，气喘吁吁罢了。"

丙吉又问："天气可热？"

"如今是春天，早上又曾阴云密布，不热。"掾史答。

"既然不热，牛气喘若此，不应该问问吗？"

掾史瞪大了眼睛，不知该说些什么。

丙吉知掾史仍未意会："你可曾想到这牲畜病了，背后会有什么问题吗？"

"牲畜病了？牲畜病了，老农给它医治便是，能有什么问题？"

"这背后有两大问题：此牛生病，可能会传染给别的牲畜，导致大疫流行，其一；牛气喘若此，可能牲畜感知到了未来的天气，今年会大旱，其二。"

掾史至此豁然开朗，心下佩服丞相心思缜密。

"丞相，小官受教！只是……"

丙吉道："刚才我命车夫绕行，你是否觉得本相无爱民之心？几个人打架与瘟疫肆虐、粮食减产，哪个是大事？善弈者，谋势；不善弈者，谋子。"

掾史连连点头称是。

阿九正传

乾隆十年，茅台镇上专门酿制回沙酱香茅台酒的烧房有二十余家，其中，偈盛酒号和大和烧房红极一时，大盐商们及附近几省名流皆以喝这两家的茅台酒为荣。

天气酷热，树枝就像画在画布上一样，纹丝不动。阿九跪在一口陶缸前，用杵捣碎曲块。他不时用毛巾擦去汗水，以防汗珠掉进缸里。

阿九人长得帅气，剑眉浓黑，大眼长睫毛，瘦削笔挺的身材，再加上一手酿酒绝技，不知迷倒镇上多少少女。他家的酒坊规模和名气虽说与前述两家不能相比，酒却自有其独特的香气。如果说那两家的酒是花中牡丹，阿九酿出的就是空谷幽兰。

眼看着缸里的酒曲快要都捣碎了，阿九的父亲走过来。

“九，先别捣了，担两桶酒给你舅舅送去。”

阿九皱了皱眉，慢吞吞地直起腰，嘟囔句：“又来占便宜。”

“九，不许这么说你舅，你妈走得早，舅舅、舅母没少照顾你。快去！”

阿九径直将酒挑进舅舅家厨房，看见厨房里两只写有“大和烧房”字样的酒桶，暗想，这得招待多少人啊。

后院，从新造假山上流淌下来的小溪，满院的葱茏绿意，让人顿生清凉之感。阿九瞥见山上小亭中的石桌上摆着一摞木酒具，顿时明白了舅舅的心思。舅舅又要附庸风雅，召集曲水流觞的雅聚了，却不知今日请的都是哪些名流。

过不多时，舅舅引领着客人们走过来。阿九迅速躲到树后。寒暄过后，宾主坐在溪边的蒲团上。

舅舅瘦削的脸上堆着他那招牌式的微笑："各位光临寒舍，在下荣幸之至。前日以重金从大和烧房购得两桶陈年佳酿，愿与诸君同饮共醉。"

家仆将一桶大和烧房拎了上来。桶盖一开，扑鼻的酒香熏人欲醉。阿九闻来却分外熟悉。

宾客连呼"好酒"，舅舅一脸得色："来来来，共饮三杯。"

三杯下肚，气氛热烈起来。但听一位身着素色长袍的男子言道："在座除了官家就是儒商，唯吾空有功名，小诗两句献丑，为各位助兴。"稍作停顿，吟道："茂林修竹皆入酒，壮志未酬只待秋。"

他对面一位大腹便便的男子笑道："一觞一咏幽情叙，半梦半醒南北游。"

下游一位白脸男子轻呷一口，道："临流而饮涧飘香，山水清音众客忙。"

其余宾客也都挤出几句不温不火的诗句来。轮到舅舅，只见他眉头紧了几紧，嘴张了几张，末了尴尬地端起酒杯："我自罚，我自罚。"

看着舅舅的窘态，阿九偷偷笑了。阿九一直不喜欢舅舅，舅舅确实照拂过自己，但舅舅对银子的执着，也让阿九反感。

眼看着酒见了底，舅舅吩咐家仆再上一桶。阿九尾随家仆返回厨房，看见自己担来的桶已空，心想自己果真没猜错。

阿九眨了眨眼睛，笑了，装作慌慌张张跑向后院，边跑边喊："舅舅，舅舅，我刚给您挑来的两桶自酿都没了……"

客人们齐齐看向舅舅。

舅舅的脸在青红之间瞬息变了几变，终于露出笑意。他将阿九拉到身边，抱拳向宾客道："诸位，这是小甥阿九，自幼丧母，吾视如己出。今日诸位所饮，实为他亲酿，是否与大和烧房难分轩轾？望诸位将阿九酿多多传扬，我代小甥在此谢过。"说罢，一揖到地。

不知怎的，阿九眼中似有泪光："我也斗胆吟诗两句——烈日煎熬突风至，两代阿九齐盛和。"

舞马

公元 783 年深秋的长安城。从泾原诸道调集的援救襄城的官兵气愤难平：他们又累又饿，朝廷竟然还一无赏赐。一时间军心动荡，士兵们扬言说，大家就要战死了，居然饭都吃不饱，何言御敌？！皇宫内库有的是金银财宝，不如分了得了！泾原兵变就此爆发。

叛军攻入长安，街上嘈杂越来越剧烈，租庸使刘震催促夫人收拾金银细软，准备出城。夫人将鎏金舞马衔杯纹银壶放入包裹的时候，刘震想起当年千秋节的盛景来："彩旄八佾成行，时龙五色因方。屈膝衔杯赴节，倾心献寿无疆。"那年八月初五玄宗寿诞，圣上照例在兴庆宫勤政务本楼下大宴群臣，百匹舞马助兴。一排排舞马随《倾杯乐》起舞，姿势优雅而又憨态可掬。群马舞毕，一匹舞马被引到最前面来，它跃上高案，口衔金杯，杯中有酒。舞马屈膝拜寿并饮尽杯中之酒。那时自己就在群臣之列。那时的他刚刚入朝为官，意气风发。

刘震带着家眷想从南门逃出城去。前一日，他已命外甥王仙客将近日征收上来的税银及金银财宝，用驼车二十辆装载，先行带出城外。此时朱泚等已率叛军占据大明宫含元殿。守门侍卫一见刘震要逃，不敢放行，刘震及家人只得返回家中。

刘震屏退仆人，与夫人进入卧房。刘震凄然对夫人道："未来实难预料，你速去取两只瓮来，将细软封埋地下，希望有朝一日朝廷收复长安，它们有重见天日的一天。"夫人潸然泪下，双腿抖索着取瓮去了。

刘震这厢抚摸着葡萄花鸟纹银香囊，颓然倒在椅上。想起当年安史之乱，玄宗逃至马嵬坡，为定军心，赐死杨贵妃。平乱后，玄宗命高力士去马嵬坡改葬杨贵妃遗体，高力士回禀说"肌肤已坏，而香囊犹在”……

夫妻二人匆匆将值钱之物及从怀集、浛安等地收来的银饼装入瓮中，命贴身仆人埋于后院。

第二天，家仆们拾掇被叛军洗劫过的宅院，刘震望着这一切，心中既庆幸又不安。庆幸的是税银等已转移，自己算对得起朝廷，不安的是明日伪皇帝朱泚早朝，自己该如何面对，降还是不降？

入夜，刘震对着月光苦苦思索，无论如何不能入睡。天亮之际，终于入眠，竟梦见那匹给玄宗祝寿的舞马。舞马满脸泪痕，对刘震说，安史之乱后，它随叛军出关，因闻歌而舞，被孤陋寡闻的田承嗣认为是妖邪附体，命士兵活活打死。刘震惊醒，看着身边睡着的夫人，决定先保全家性命。

次年七月，另一股叛军首领李怀光与朱泚决裂，朱泚后在逃亡中为部下所杀，唐德宗得以返回长安。

德宗返回当夜，夫人问刘震：“夫君，我们是不是该把后院的财宝挖出来？皇帝已回京，百废待兴，正是用银之际，定会追问税银下落，我们主动献上，升官也说不定。”

刘震紧皱眉头，来回踱着，久久不发一言。夫人追问：“夫君，你怎么不说话？”

“你懂什么！我已命人给王仙客送信，他若在皇上惩处叛官之前赶回长安，你我尚可保命，否则，百口莫辩。”

没等王仙客赶回来，德宗就将刘震一家打入大牢，没给他任何申辩的机会。

“尚书受伪命官，与夫人皆处极刑。”刘震及其夫人，与一众降官皆被处死。

午时三刻，日头正毒。临刑，刘震自胸中清晰地喊出两字：“舞马！”

蚕豆花

梅渚集市的大木门前，人们指点着挂在横梁上的两颗血淋淋的人头议论着："报应，这就是报应！殷裁缝可以瞑目了。"

殷裁缝年纪不大，在陈桥十里八村名气不小。他和烧饼王组建的红枪会，不光打土匪，还打日本鬼子。那双手拿起枪来，与用剪刀裁剪布料一样，又稳又准，枪枪射向敌人眉心。

殷裁缝被捕前一天，院子里的蚕豆花长出了蝴蝶般的翅膀。殷裁缝坐在裁缝台前，在一件藕荷色的斜襟小褂上一针针绣着白色的花瓣和倒卵形的紫红色花心，密密的针脚像一个女孩咯咯的笑声，活泼，甜美。

"裁缝，有情况，鬼子要过梅山，快去烧饼王那里……"院外的人喊完，急匆匆跑远了。

殷裁缝噌地蹦起来。一不小心，绣花针刺破了手指，殷红的鲜血滴在紫红的花芯上。他吮了吮手指，将衣服铺到炕上，跑出院子。

第二天，红枪会在梅山脚下袭击日军的时候，遭到猛烈的反击。日军装备强大，红枪会损失惨重。殷裁缝掩护同伴撤退时被捕。第二天，他的头颅就悬挂在梅渚集市的大木门上。

殷裁缝的头颅被示众那天，乡保长指着殷裁缝圆睁的双眼，唾沫横飞地跟一名日军队长说着："活该，也不看看自已几斤几两，这不找死吗？！"

此刻，围观人群中有一双眼睛紧紧盯着他们。

今天集市大木门上挂出的人头，正是乡保长和鬼子队长。这两人死于谁手，乡亲们众说纷纭。有说是红枪会干的，有说是新四军干的，还有说是一个穿着藕荷色小褂的姑娘干的，有鼻子有眼，言之凿凿。

此时，殷裁缝的坟前，穿着绣有蚕豆花的藕荷色小褂的姑娘念叨着："裁缝哥，你为什么不告诉俺你心里有俺……你的仇俺给你报了，俺也要跟着队伍走了……"

空气中，蚕豆花的香气蔓延开来。

降虫木

傍晚，爬出墙外的丝瓜藤叶像被阳光吸干了水分，蔫巴巴耷拉着脑袋。酒井一郎带着几名日本兵，在十八村的土道上东张西望，不时叽里呱啦地喊叫一番。他们每个人手里都拎着抢来的米、油、鸡蛋，其中一个还拎着一只扑棱着翅膀的活鸡。

“七月十二日，日军进潢川。机枪把口子，飞机撂炸弹。奸淫又烧杀，坏事全干完。”歌声从他们背后的天空中传来。日本兵纷纷拔枪，用目光搜寻着唱歌的人，四下却无半条人影。

离这几名日本兵站的地方两条街，有座很大的四合院，院内一幢两层楼，砖木结构，青砖灰瓦，而院正中一棵高大的木瓜树尤为惹眼，高丈余，铁干虬枝，树叶茂密，挂满了熟的和未熟的木瓜果。风吹过，木瓜香扑人口鼻。

这当儿，木瓜树下聚集了十余条壮汉，树上坐着一人。下面人群中一名中年男子冲树上的人招了招手，示意他下来。

一条人影猴子般灵巧地落到地面。是名十七八岁的小伙子，长得那叫一个俊，弯眉大眼，一笑左腮现出个深深的酒窝，似能装下三钱剑南春。十几双眼睛聚集在他脸上，大家异口同声地说：“肯定行！”

小伙子向中年男子问道：“方叔，你们啥意思？那几个鬼子在村里转悠这么久，咱们到底打不打？”

方叔用拳头砸了几下小伙子的肩头：“宇轩，给你个任务，你怕不怕？”

“怕？我方宇轩就没怕过！”小伙子瞪圆了眼睛，“叔，你就说让我干啥吧。”

方叔扯过他来，附在他耳边说了几句话。方宇轩脑袋马上摇得拨浪鼓一般，撒腿就跑。方叔给其他人使个眼色，几名壮汉把方宇轩摁住，拖到屋里去了。其余人有的在木瓜树下摆桌子，有的隐蔽起来，还有一个人跑到院外放哨。

鬼子进村转悠起来。家家户户上紧门闩，很怕鬼子闯进家门。鬼子正想砸开一家富户的大门，一个身穿桃红碎花小褂，挎着篮子的窈窕身影从巷口一闪而过。

酒井大叫："花姑娘——"直直追了上去。其余鬼子紧随队长身后。

姑娘不快不慢地走着。酒井很快就追上了，伸手就要抱住。姑娘往旁边一闪，刚好躲过他的一双鬼手。

酒井正欲再扑，一扇院门开了，出来一个穿深蓝绸长衫的男人，向姑娘招手："丫，快回家吃饭，家里来客人了。"

酒井冲男人嚷道："你，什么的干活？"

男人好像才看到酒井，微微一笑："太君，我是这村里人，家里来客人了，招呼小女回家吃饭。"

姑娘一扭身钻进院门，酒井继续追，到了院门口，闻到酒肉香，大大咽了口唾沫。酒井跟追上来的日本兵嘀咕两句，转身向男人客气地鞠了一躬："我们，来到贵地，感到口渴饥饿，可否一起……"没等男人回答，带着其他鬼子挤进院门。

男人笑了下，冲院里喊："快，加酒加肉，让太君们吃饱喝好！"

酒井开始还瞄那姑娘，酒一下肚，什么都忘了。院子里一众客人也是好酒量，左一杯右一杯地劝，没一会儿，日本人就醉了。

酒井满脸通红，对长衫男子嚷道："小姑娘，哪里去了？"

长衫男子却指着挂满木瓜的树问他："太君，知道这是什么树吗？"

酒井醉眼蒙眬，看着满树的木瓜，用僵硬的汉语回道："木……瓜？"

男子微微一笑："它还有个别名，叫降龙木。"

说完冲后院喊："丫，上好酒，陪太君们喝一杯……"

清醒过来的酒井眼中喷火，这不是那个花姑娘吗？！方宇轩看他盯着自己，使劲用脚踹他："敢调戏小爷？！"

方叔指着绑着酒井的木瓜树，对酒井笑道："小鬼子，我家这棵树从此叫降虫木了……"

帝王百岁

这天是南越武王赵佗的百岁寿诞。番禺城热闹非凡，百姓无论汉族还是百越族，都走上街道，汇成欢庆的海洋。

皇宫大殿之内，赵佗身穿青色丝绸上绣金的龙袍，头戴高冠，端坐龙椅之上。他虽已百岁，并无龙钟之态。他阔口剑眉，不怒自威，常让人不敢直视。龙椅对面，文武百官分列两侧。

殿中少女们正在献演欢快的越舞，八行八列共六十四人，即八佾，前排正中领舞少女舞得格外卖力，身形婀娜，长袖翩飞，说不出的热烈和娇媚。

赵胡看祖父眼睛一眨不眨地盯着少女，轻声对站在身后的侍卫吩咐了一句什么，侍卫恭谨地点点头。一曲终了，少女们退出大殿，侍卫即尾随而去。

此时宫人来报，汉文帝刘恒派人送来贺礼。赵佗面露喜色，命人宣使者入宫，并示意丞相吕嘉相迎。

使者入得宫来，跪地呼曰："蛮夷大氏老，我主万岁命我代贺百岁寿辰！"

吕嘉是百越族最著名的首领，赵佗称帝后，为稳定南越局势，用以为相，并任命其弟为将军。吕嘉因此对赵佗感激涕零，忠心追随，唯独对赵佗两次同意向大汉称臣颇有微词。他听使者口呼"蛮夷大氏老"，脸色稍霁。蛮夷大氏老为赵佗自称。赵佗对外放弃帝号，在国内仍自称皇帝，文帝则听之任之。

夜幕悄然降临。毕竟已百岁，赵佗感觉倦意渐隆。他想歇息一会儿。不承想一回寝宫，就见一女子一丝不挂地躺在龙榻之上。

赵佗定睛一看，正是今日领舞。赵佗笑了，走近前俯下身。那女子毫无惧怕之意，表现得十分欣喜而无一点做作之态，赵佗诧异道：“不害怕本王吗？”

“皇上是奴婢心中的旷世英雄！能有亲近皇上的机会，死而无憾。”

赵佗不禁莞尔，手指抚上女子面颊，那种触感，犹如一剂补药，将他的疲劳驱逐殆尽。突然，他的手停了下来，喊宫人送女子回去，随即命侍卫速召赵胡入宫。

赵胡来到祖父寝宫，看到桌上龙纽金印，眼睛倏然一亮。

赵佗摸摸赵胡的头，说道：

“胡儿，本王今已百岁，虽身体尚健，到底时日无多。有几句话嘱咐于你：其一，为王者必心存百姓，百姓安居，才可大业永固；其二，以南越实力，无力与大汉抗衡，相安为上；其三，吕嘉虽忠，恐于我身后居功，不可再增其权，国事则可相商而定。此三点务必牢记于心。”

赵胡诺诺：“孙儿记下了。”不禁面露喜色。

赵佗见此，心下叹息。自己已百岁，儿子们先去，也只能将大业交托赵胡，希望孙儿能听进去、记得住。

“胡儿，本王陵墓只你一人知晓即可，此外，多设疑冢以迷人眼。本王今日百岁，对世事已无牵挂，明日起，胡儿要多多思想治国之事！”

赵胡伏拜：“孙儿都牢牢记下了，定不负祖父重托。”赵胡这话是完全出自真心。他了解祖父从一介武夫到百姓拥戴的皇帝，是如何一路走来的，懂得祖父一系列政策，如尊重岭南传统、提倡与越人通婚，如推广耕种、打铁、冶金、纺织，又如教越人习汉字、学礼仪，以诗书而化国俗等，在奠定南越国根基方面的作用。

赵胡暗下决心，要做比祖父更杰出的帝王。

附记：三年后，赵佗离世。赵胡在位十六年，并无大的建树。他真的牢记赵佗的告诫了吗？汉武帝元鼎六年，南越亡于吕嘉。不过，赵佗陵墓所在迄今真的无人知晓。

梦里青衣神

清晨，蜀中青衣江畔素有桃花源之称的小山庄外，走着一名身着青衣、头裹青帕的小童。他赶着羊群，哼着不知名的小调："青衣一曲绕山水，青衣神在白云端……"小调如泣如诉，在寂寞的山间小路上飘荡。

小童走着唱着，睡意袭来，找一块青石躺了下去。很快，他梦见一个怪模怪样的男子笑吟吟地看着自己。男子高高的个子，身着青衣，青衣作斜襟宽带。男子脸凑近后，小童见他面部棱角分明，两眼凸出，脑后头发束得像撅起的马尾。

小童好奇地问道："你是谁啊？"

那人用一只仿佛透明的纤细手掌轻抚小童小脸，说道："我是蚕丛！"

小童惊道："蚕丛？你是川主庙堂供的青衣神？！"

男子呵呵一笑，挨着小童坐下来。

"我给你讲个故事好吗？"

"我最爱听故事了，快讲快讲。"小童拉扯着男子的宽袖催促，满脸期待。一只小羊羔好像也想听故事，慢慢悠悠走了过来，头往男子身上拱了几拱。

男子望向天空，似乎思绪穿透了时空。

"四千年前，我像你这般大时，在天庭的蟠桃园打杂。一天午后，玉皇大帝闲来无事，到蟠桃园游玩。那时，树上的花儿已落，凌乱满地。园里一棵大蟠桃树，树干笔直，枝分九丫，上有三颗大桃，两颗下垂，一颗上挑。一只长着长长的弯钩嘴的神鸟栖于树上，昂首挺立，展翅欲飞。玉帝弯下腰，掬起一捧泥土，凑近鼻子轻嗅着。他掬了三掬，嗅了三嗅，土落了三落。这三把散发香气的泥土落到了广汉的湔江之畔，形成三座作直线排列的大土堆，犹如三颗金星，与牧马河对面的弧形台地遥相呼应。

“玉帝俯瞰亲手造就的人间美景，笑了笑，拍拍手，走了。他走后，我爬到那棵大树上，发现树干竟连接天地，我身不由己地就顺着树干爬了下去……

“到了人间之后，我落在一座稀稀拉拉长着桑树的山上，这山遍布石崖，当地的人叫它岷山。我见人们用几片树叶遮着身体，就开始教导他们怎样煮茧、缫丝，他们则尊我为王。只可惜山上的资源太贫瘠了，桑叶不久就被蚕啃得光光的。我找到一处三米见方的石室住下休息，但茶饭不思，只是盘腿而坐，苦思良策。

“面壁第四十九天，我脑海里出现三星伴月景象，我顿悟了。走出石室，我手持金杖，站在一块高耸的大石之上，向人们宣布：‘本王听从神明指引，带领你们去寻找圣地，那里有奔涌的江流，那里有肥沃的土地，那里才是植桑养蚕的好地方。本王要让你们都过上安定富足的生活！’

“人们跪下高呼：‘我们愿永远追随！永远追随！！’

“那天，天空很蓝，蓝得让人充满幻想。

“我率众沿岷江而下，一路披荆斩棘！我们整整打了九九八十一场战争。一日傍晚，我们来到一片茂密的山林里，到处都是熟透的瓜果、密密的竹子。我想象出四季宜居的竹屋。当地散布的犀牛、大象、羚羊让我联想到我曾待过的天界。我吩咐身边的侍从：‘传令下去，立国于此，名为瞿上。’

“一日，侍从急匆匆跑来：‘报！城外来了百余人，口口声声说要赶跑我们！’

“‘慌什么？！把我的金杖拿来！悍将十名各召百众，与我出城！’我下令。

“率众走出城外，我冷冷盯着对方头领，说：‘你看这金杖上九九八十一

道刻痕，是我经历的八十一场战争，你确定能胜我？’

“对方头领脸色变了几变：‘这是我们的领地，你们凭什么占了去？！’

“我微微一笑，目光越过对方头领，扫视后面众人：‘你们想不想过上富裕的生活？你们想不想与我的人一样学会种地养蚕？你们想不想与我们一起建设更美好的家园？’

“众人看着我，看着我们每人的衣裳，再看看自己身上的凌乱树叶，再无征战之心，呼啦啦跪拜下去……”

小童被小羊羔拱醒的时候，太阳正当头。他揉了揉眼睛，眼前哪有什么人影。不过，他清晰地记住了梦里的故事，直到他老了，还一遍遍地讲给儿孙们听。

升迁之道

战国时，梁国与楚国这两个邻国长年敌对，战乱不止。为了改善生活，休战的时候，边亭的官兵们以种瓜为副业。也不知怎么，梁国的瓜长势喜人，个儿一天大似一天，楚国的瓜就营养不良，像被飞蝗啃过似的，稀稀拉拉，趴在地上。

一天早上，梁国边县县令宋就刚来县衙，守备的士兵匆匆来报："大人，楚国那帮兵痞太不是东西，看我们瓜种得好，竟然半夜偷偷摸摸过界来，把我们的瓜秧都扯断了。您快下令，我们晚上也去把他们的秧都拔了。"

宋就沉吟了片刻，说道："切莫如此！你们只须这样办……"

夜晚，蛙声虫鸣中，一群黑影从梁国越界到楚国。一天天过去，楚国瓜田里的瓜竟一天天好起来，梁国瓜田就更不用说了。

这日，楚王巡查边境，看见地里瓜叶田田，像翠绿的湖，龙颜大悦，称赞县令治理有方。谁知县令很是羞惭，两只手来回搓着，半天才低声道："非小臣之功，都是梁国县令宋就的功劳。"

楚王不解："我们的瓜地与梁国县令何干？"

县令一五一十将来龙去脉汇报给楚王。

楚王听完，长叹一声："宋就如此胸襟，可见梁王也。"

楚王传令下去，备上一份丰厚的礼品，遣使去见梁王，转达两国修好的愿望，并恳请梁王转达楚国对宋就的歉意。

梁王见楚国的使臣毕恭毕敬，不像有诈，内心很是欢喜。但不知楚王缘何如此，更不知楚王对宋就怀有什么歉意。但一国之君要面子，也没深问，回了一份大礼给楚王，同意两国修好。

楚国使臣走后，梁王召来宋就，询问详情。

宋就就将自己命梁兵每日半夜给楚国瓜田浇水施肥的事原原本本地汇报给梁王。

梁王咀嚼着宋就所说“人恶亦恶，何褊之甚也”的含义，不禁感叹，得一良臣真可安邦啊。

数年后，宋就官升大夫。那天，他多饮了几杯，有些醺醺然。有人向他请教升迁之道。

他只说了四字——“报怨以德！”

末日来临

瘟疫在地球上蔓延，到处都是腐烂的尸体，空气中臭味弥漫，天空黑黄黑黄的，地表的植物稀稀拉拉的。

人们已习惯漠视死亡，他们知道，下一分钟也许就轮到自己。地球上绝大部分哺乳动物已经灭绝，而老鼠肆虐，它们光天化日跑出来，大摇大摆地啃噬尸体。

少数特别富有的人，早在瘟疫流行之初，就购买了飞往银河系外 Desperate Life 星的宇宙飞船船票。两百年前，人类的宇宙探测器探测到了这颗星球，那里气候温暖湿润，自然环境与几万年前的地球类似，茂密的山林里结满瓜果，犀牛、大象、羚羊等随处可见，让人联想到伊甸园。

北极深海海底，人类仅存的宇宙秘密研究基地里，乔治·赵正与身边的一群人讨论问题。他身后的电脑屏幕上显示，在一望无际的海面上，漂浮着一层密密麻麻的浮游生物，偶见动物和人类的尸体，随着这些生物的蠕动，尸体很快消失踪影。乔治·赵手持玄铁电子感应器，在屏幕上来来回回地滑动，对身边众人说："人类已经无法改变灭绝的命运了。你们看我们所处的位置，五百年前，这里是一望无际的冰川，生活着北极熊、北极狐等，可这些生物已随北极冰层的消亡而消亡，而随着北极蕴藏的甲烷的剧烈排放，地球迅速变暖，后果是各国经济崩塌，为了争夺资源而陷入混战。天灾人祸，原有生物链已不复存在，如今人类的食物是用为数不多的粮食、鼠肉和碳化合物加工而成，人吃鼠，鼠亦吃人，瘟疫从根上就无法遏止。"他顿了顿，语气中满是绝望："Desperate Life 星上的土著物种——我们暂且叫它们会说话的恐龙——身体庞大，思维模式与人类显著不同。它们不排斥异类，但所有物种必须按照它们的既定规则生活。比如，所有高级生物都必须参与劳作，早上五点准时起床，即使重病在身。比如，它们认为繁衍是生命持续的根本，所以交配只能出自本能，不需要感情，也不许结婚。比如，所有掌握语言的生物必须统一语言规范和思想。它们给登上星球的人类的大脑植入芯片，督促人类劳作和遵守规则，违反三次以上，程序将自动引爆，使人在瞬间化为乌有。完全按规则生活，才可以活下去。”

乔治·赵话还没有说完，旁边一位金发碧眼的美女大声喊道：“赵教授，只要能活下去，我愿意。”

“不，不，我绝不去那样的地方，不自由，毋宁死……”一位身穿中式长袍的老者喃喃自语。

“赵先生，您是我们这里最权威的科学家，难道除此之外，人类就没有一丝希望了吗？”

“你们每人面前都有两个按钮，绿色的按钮带你们飞往 Desperate Life 星，红色的按钮带你们飞往比 Desperate Life 星还远十亿光年的地方，那是银河系与金河系间的混乱地带一颗疑似有生命迹象的星球。你们只有三分钟时间考虑，三分钟后，我将引爆中心动力装置，这里将化为乌有……”乔治·赵说。

这时，电脑屏幕上出现了一艘大船，正向基地驶来。乔治·赵将玄铁感应器在大船的位置上点了点，船上的情形呈现于众人眼前：船舱里挤满了人，混乱的人群中，不乏熟悉的面孔：N 国的总统，X 国的影星，L 国的大毒枭……他们有的木然看着海面，有的不停啜泣着……这时，镜头前出现一个人，他在人群中挤来挤去，手伸向一只又一只手提箱。

基地里的人面面相觑，说不出一句话来。

三分钟后，在巨大的爆炸声中，地球激烈地抖动起来，随着爆炸声，东面的天空现出九道耀眼的亮光。

就在此刻，银河系与金河系间那颗疑似类地星球上，在一个极其隐秘的洞穴里，几个与猛犸象和犀牛厮杀后深感疲惫的类人生物，正围坐在一堆营火旁，打着哈欠。

倒车

太阳最后一丝光还挂在西天，月亮已迫不及待爬上柳梢。

我躺在冰冷的地面上，四周是青灰的土墙。我看见自己的眼睛，悬于皮囊三尺之上，平静地端详着。

“孩子正在长身体，让她多睡会儿。”

“妈，不能惯着，今天开学第一天，得让她守纪律，早点去学校。”

妈妈无情地推醒了酣睡中的我。

我背着沉甸甸的书包，独自走出家门。今天是惊蛰，枝头上的麻雀叽叽喳喳地叫着，一心要唤醒土地里沉睡的生灵。我跟它们一一打过招呼，一蹦一跳地上了一路汽车。

妈妈总对我说，我是她的希望。我搞不清她的希望是什么。难道我不出生她就没有希望？

“桃花源站到了，请到桃花源站的乘客下车。”

很久很久以前有位姓陶的老先生，他笔下描绘的仙境就叫桃花源。离上学的时间还早，何不去看看？

半亩点染些微绿色的枯树林出现在车站不远处。这就是桃花源吗？！看见写有“桃花源”字样的孤零零的牌子，我后悔不迭。急急忙忙跑回车站，一路汽车已驶远，我只好登上二路汽车。

我矮小的身体缩在密密匝匝的人中间，不去回想那在风中瑟瑟发抖的枯枝。

“迪士尼乐园站就要到了，请到迪士尼乐园站的乘客下车。”我发现一双大眼睛正从人缝里好奇地盯着我。那是一双多么清澈的眼睛啊！我涨红了脸：“你是谁？我们是不是有今生的约定？”她没回答我就下了车。

我追下车去，只看到娉婷的背影在阳光下远去。

我怅然若失。

此刻，太阳正当空。我急奔向地铁站，遗失了书包。

地铁列车的窗外没有风景。我看着车窗上影影绰绰的倒影，他们一概低头看着手机，一概面目模糊，思绪飞起，我开始回忆那片枯树林，开始后悔为什么没有在那儿等待直至花开。

“图书馆站到了……”

报站音千篇一律。我想起遗落的书包，还有妈妈的希望。

随着人流走出地铁站，太阳已挂在了西方。

坐在图书馆的角落里，我饥肠辘辘，嘴唇发干。手里那本厚厚的书，皱巴巴的封面，“活着”二字仍然清晰。我翻过一遍，却不知里面写的什么。

拖着疲惫的双腿，走在华灯初上的街头，街景是一幅幅倏然闪过的黑白底片。我已无力分辨自己的目的地，不知自己到底要往何处去。

茫然站在黑暗中，突然看见一辆南瓜马车驶来停下，车里伸出奶奶干枯的双手。她眼睛里的我，有着一颗爬满白发的头颅。

奶奶，您怎么会在这里？您是来接我参加午夜盛会的吗？那场盛会能找到妈妈的希望吗？

奶奶喃喃道：孩子，我记得你肥白的小脸贴着我的大腿，磨我讲桃花源的故事；我记得你的妈妈在书里给你夹了一枚彩色的书签；我记得你在睡梦中喊过一个美丽的名字……

奶奶翕动的嘴唇慢慢与悬浮在空中的眼睛重合，慢慢消失在黑洞的入口。

桃花源里花开了又谢，桃花源由春到冬。土地和生灵岁岁枯荣。

从识人读文到读文识人

（代后记）

文 / 赵志刚

早年，朋友们对佟惠军的印象是：清纯、善良、率真，且有一颗童心。她让人感到亲切、随和，是那么讨人喜欢。

我们常在一起聊天、喝酒。那时，朋友们谁都未想到她会在若干年后成为全国知名的小说家。她将才华隐藏得太深，或许，她真正的性格就是内敛而不事张扬的。

作为朋友，我偶尔能从佟惠军的言谈举止和灿烂笑容中捕捉到她隐约的心绪。忽然有一天，我读到她的小小说《父母的爱情》，文中描述父母令人唏嘘不已的爱情："时间的指针，像坠着铅球，动得缓慢艰难。母亲躺在病床上，昏暗的床头灯焐不暖母亲瘦骨嶙峋的背影……"

震撼。狐疑。似乎发现了一个全然陌生的人，而我以为自己对佟惠军是了解得再彻底不过了。平日只读大家的作品，而今发现大家就在自己身边，我不知所措起来。

朋友们亦有同感。

我开始探究佟惠军这个真人与佟掌柜这个笔名的关系。

一个是现实中的她，一个是文学领地中的她，两者密不可分，又相去甚远，各有各的情感与灵魂。佟惠军关注俗事，佟掌柜则专营大爱。

彼时大大咧咧与你喝酒、聊天的佟惠军，此时却是情感敏锐，文字细腻的佟掌柜。

终于想清楚了：现实中，佟惠军与我们一起喝酒，写作中，佟掌柜与文字干杯，相比之下，佟掌柜更纵情，也更惬意。

陆陆续续，我从《小说选刊》《小小说选刊》《微型小说选刊》等刊物上读到佟掌柜更多作品，每读一篇，就对这两个人有更进一步的了解。

小说乃是虚构，而作家自身的挣扎、自我的博弈无不融于其中。一个人内心与现实之永不重合又难以分割，这就是艺术的真相。

佟惠军与佟掌柜这两人摩擦得久了，忽然有一天，我顿悟：这是两个女子相加的结果——

等于一个行走于阳光下的女子，带着她的影子。